Die Reise in die Freiheit

Falc-Moritz Köhler

Bibliografische Information der Deutschen Nationalbibliothek: Die Deutsche Nationalbibliothek verzeichnet diese Publikation in der Deutschen Nationalbibliografie; detaillierte bibliografische Daten sind im Internet über dnb.dnb.de abrufbar.

© 2018 Falc-Moritz Köhler
Herstellung und Verlag:
BoD – Books on Demand, Norderstedt

Umschlaggestaltung: Sebastian Remmert, Nadine Willers
Lektorat: Monika Rohde
Korrekturat: Bianca Weirauch

ISBN:9783752816204

Vorwort

Lieber Leser,

ich möchte kurz einige Worte über die Entstehung dieses Romans verlieren.

Ich bin mir nicht mehr sicher, wann ich genau mit dem Schreiben dieses Buches angefangen habe, es muss ungefähr im Jahr 2012 gewesen sein. Zum Zeitpunkt dieser Worte ist es Mitte 2018. Ich habe also mindestens sechs Jahre damit verbracht, dieses Werk fertigzustellen.

Ohne aufgebläht klingen zu wollen, ist dieses Buch mein künstlerisches Lebenswerk, mein magnum opus, mein Geschenk an diese Welt. Ich möchte mit diesem Buch nicht belehren oder in irgendeiner Form als Lehrer auftreten. Ich möchte vielmehr und ausschließlich inspirieren und Freude im Herzen des Lesers entfachen. Ich würde mir wünschen, dass dieses Buch als Kunst angesehen wird, dass dem Betrachter Hoffnung spendet in Zeiten menschlichen Schmerzes.

Ich habe mein ganzes Herz und meine ganze Seele in diesen Roman gesteckt und versucht, mein Bestes zu geben, dem Leser die Antworten zu geben, nach denen er sucht. Ob dies gelungen ist, obliegt nun nicht länger mir.

So wie alles in der Welt, werde ich nun auch dieses Buch loslassen müssen und ihm sein eigenes Leben verleihen. Ich werde mich nun nicht länger mit diesem Buch identifizieren und es auf seine eigene Reise schicken, da ich fest davon überzeugt bin, dass hinter jedem künstlerischen Werk, das mit Liebe und Hingabe erschaffen wurde, etwas Größeres gewaltet hat, und der Künstler selbst nur das Sprachrohr ist.

Du kannst dir gewiss sein, dass es mir die höchste Ehre ist, dass du dieses Buch liest und dich mit meinen Gedanken auseinandersetzt. Mein größter Wunsch wäre, wenn du es mit einem Lächeln niederlegst und dich von der Kraft hinter den Worten hinforttragen lässt.

In Dankbarkeit
Falc-Moritz Köhler

Köln, 03.06.2018

Das Aufwachsen

Wir werden alle mit Flügeln geboren
und mit Feuer in den Augen.
Doch die meisten haben sie irgendwann verloren
und werden es dir alles nicht mehr glauben.

Irgendwann wirst du erwachsen
und sehnst dich wieder nach dem Fliegen,
denn dir wird egal, ob andere dich lieben.
Und plötzlich spürst du deine Flügel wieder wachsen.

Ein alter Fährmann saß am Ufer und blickte hinaus auf das Meer. Der Nachthimmel war bestückt mit unzähligen Sternen. Es schien, als würde ein Bogen an den Wellenkämmen streichen, der diesen Ort mit einer Melodie verzückte.

Doch auf einmal hörte er das Geschrei eines Neugeborenen. Der Fährmann stand auf und barg einen Korb aus dem Gewässer. Das Mondlicht zeigte ihm ein schmerzverzerrtes Kindergesicht. Er nahm den Korb und brachte ihn in sein Fährhaus wo er das Kind wärmte und ihm Milch aufkochte. Das Kind trank viel. So viel wie jemand, der nach dem vollsten Geschmack des Lebens dürstet.

Dann trug er es durch die Nacht, bis er an ein kunstvoll geschnitztes Haus gelangte. Er hämmerte mit den Fäusten an die Tür.

Nach einiger Zeit erschien ein Licht im Fenster und ein Mann mit seiner Gemahlin öffneten ihm.

„Joveel, was wünscht du zu dieser nächtlichen Zeit?"

„Ich saß soeben am Meer, da fand ich plötzlich dieses Kind im Gewässer. Ich überreiche es euch, weil ihr die liebevollste Familie in diesem Dorf seid. Hütet es."

Die Mutter warf sich vor Glück auf die Knie und küsste das Kind voll Ehrfurcht.

Von nun an wurde er von den beiden erzogen. Seine Mutter liebte ihn feurig, sein Vater stolz. Sie gaben ihm den Namen Molamo. Seine Augen zeigten früh den Willen des Vaters, aber auch die reiche Gefühlswelt der Mutter. Sie waren blau und klar wie ein Eiskristall.

Seine Mutter blieb daheim und umsorgte Molamo liebevoll. Sein Vater verdiente das Geld mit Kutsche fahren. Er war sehr freundlich und besaß große Lebenserfahrung, denn in seiner Kindheit hatte er vieles selbst erleben müssen. Er tat dem jungen Molamo viel Gutes.

Doch irgendwann entwickelte sich ein Zwist in der jungen Familie, was Molamo zum ersten Mal Schmerz und Verlust spüren ließ. Er hatte Angst, verlassen zu werden. Feinste Risse begannen über die dünne Schicht seiner Seele zu springen. Ihm fehlte es an Umarmung, an Schutz und dem Gefühl von unantastbarer Sicherheit.

Es scheint so, als besäße jede Seele im Inneren einen Boden. Einen festen Halt, der sie vor Unglück oder Gemeinheit schützt, wenn giftige Pfeile der Mitmenschen sie treffen. Hat die junge Seele jedoch nicht genug Anerkennung erlangt, ist dieser Boden löchrig und kann bisweilen sogar zu einer gefährlichen Schlucht aufreißen. Dann trifft jeder Pfeil der Boshaftigkeit, der von der Außenwelt abgeschossen wird, nicht auf den Boden, um dort festzustecken, sondern dringt mitten in die Verletzlichkeit der Seele ein. So ist die Liebe der Eltern ein Bauherr, dessen Aufgabe es ist, einen festen und massiven Boden zu errichten. Dieser Grund ist das Selbstwertgefühl eines jeden Menschen. Doch einen tadellos robusten Boden zu erbauen, ist so gut wie unmöglich. So auch bei Molamo.

Irgendwann gedieh der Zank in der Familie zu einem wahren Ungeheuer heran. Die Eltern waren abgelenkt und konnten dem jungen Molamo nicht mehr die Aufmerksamkeit schenken, nach der er so sehr darbte.

Die Mädchen im Dorf liebten ihn hingegen. Er war verschlossen, dennoch schien er etwas an sich zu haben, was sie entzückte. Er wurde von ihnen nahezu angehimmelt.

Diese Aufmerksamkeit erweckte in ihm den Glauben, etwas Besonderes zu sein. Molamo fühlte sich so bestätigt, weil alle Mädchen ihn umgarnten, dass er erwartete, dass sich das später noch vermehrte. Aber aufgrund seines Gefühls des Stolzes verringerte sich seine Ausstrahlung womöglich so sehr, sodass ihn die Mädchen später immer weniger beäugten.

Von nun an suchte Molamo wie ein Verwundeter nach ihrer Aufmerksamkeit. Somit wuchs in ihm ein Dämon der Unsicherheit heran, den er in jungen Jahren nicht zu bändigen vermochte.

Einmal nachts träumte er sogar, dass er sterben wollte, um endlich die Aufmerksamkeit der Frauen wiederzuerlangen, nach der er sich so sehr sehnte. Das war bezeichnend dafür, wie minderwertig er sich fühlte.

Doch daraus erwuchs auch eine wunderbare Sache. Das ist gerade der Witz des Lebens. Das Schlechte, das Verdorbene, kann sich in etwas Blühendes und Strahlendes verkehren.

Von nun an entwickelte sich nämlich ein heftiger Trieb, der Beste zu werden. Seinen Körper formte er bis zur Vollendung, um so gut wie möglich bei allen zu erscheinen. Alles nur, um der Außenwelt zu imponieren.

Derweil verschlang Molamo alles, was zu lesen er finden konnte. Überall trachtete er nach Antworten und Erkenntnissen. Er vermochte nicht eher zu rasten, bis er Linderung für seine verzweifelten Gefühle gefunden hatte.

Es brach eine heftige Suche aus. Es gab keine Stunde, in der er nicht grübelte. Gelehrt wollte er werden. Der Gelehrteste. Wieder einmal reichte Molamo nicht das Mittelmaß. Er wollte der Gipfel sein. Besser noch die Wolken oder noch besser die Sonne. Doch umso mehr er versuchte, sich zu verbessern, desto trübsinniger wurde er.

Eines Tages erzählte man sich in Molamos Dorf von einem Berg, auf dem ein *Unsterblicher* leben sollte, der vollkommene Weisheit erlangt hatte.

Molamos Herz stand sofort in Flammen und er wusste: Er musste hinausziehen. Er musste den *Unsterblichen* kennenlernen. Es gab nichts, was ihn davon abhalten konnte. Der *Unsterbliche* würde ihm endlich die Antworten geben können, auf die er so brannte.

Am nächsten Tag, verstaute er das Nötigste in seiner Tasche und verabschiedete sich von seinen Eltern und Freunden.

Dann lief er zum Meer und sagte zum Fährmann Joveel: „Bringe mich über das Meer. Ich muss zu dem *Unsterblichen*, der auf dem *Berg der vier Jahreszeiten* lebt.

„Was spukt dir denn jetzt schon wieder im Kopf?", fragte ihn Joveel.

„Halte mich nicht auf, diesmal meine ich es wirklich ernst", erwiderte er.

So reiste Joveel mit Molamo über das Meer in Richtung des *Berges der vier Jahreszeiten*.

„Was bedeutet die Aufschrift auf deiner Flagge *Wunder des Nichttuns?*", fragte Molamo.

„Dass man nichts im Leben tun muss, außer sich treiben zu lassen. Und genau das werde ich jetzt machen. Ich werde mich eine Weile hinlegen, um zu schlafen. Kümmere du dich derweilen um die Segel. Du hast doch einen kräftigen Leib."

Molamo antwortete: „Das sieht dir ähnlich. Faul wie ein Flussstein. Doch ich glaube nicht, dass ich das Boot alleine steuern kann", doch da merkte er, dass Joveel bereits schlummerte.

Unvermutet sah Molamo plötzlich einen Felsen, der aus dem Meer ragte.

„Joveel, wach auf!", schrie er, „wir steuern geradewegs auf einen Felsen zu."

Doch dieser konnte nicht mehr rechtzeitig eingreifen. Ihr Boot zerschellte an der Felswand. Im letzten Augenblick retteten sich die beiden in ein Ruderboot, das am Schiff befestigt war.

„Nun ist mein geliebtes Boot zerstört“, schluchzte Joveel.

Die beiden ruderten, bis sie das Land erreichten. Als sie das Boot verließen, sagte der alte Fährmann: „Ich werde dich nun wohl eine Weile begleiten müssen, ich habe keine andere Wahl.“

Doch Molamo nahm seine Worte kaum wahr, so sehr brannte er darauf, endlich seine Reise zu beginnen.

Am Wolkentempel

Der Geist ist ein wildes Pferd
das nicht gebändigt,
in alle Richtungen zerrt
und dich in Probleme verstrickt.

Doch bist du einmal sein Herr
und das Pferd zu deinen Diensten bereit,
ist keine Hürde zu schwer
und kein Ziel zu weit.

Sofort erkundigte sich Molamo nach dem Weg zum *Berg der vier Jahreszeiten*. Man riet ihm, einem Fluss zu folgen, da dieser ihn dorthin führen sollte. Daher wanderten Molamo und Joveel nun immer entlang des Flusses.

Nach geraumer Zeit führte der Weg durch ein Gebirge. Nach mühseligem Aufstieg erholten sich Molamo und Joveel unweit des Gipfels. Beispiellos übersah man von dort aus die Landschaft. Es schien, als würden die Bergspitzen schlummern und ihre Gesichter in die Wolkenkissen schmiegen.

Unverhofft brach ein Schneesturm aus. Joveel und Molamo retteten sich gerade noch unter einen Felsvorsprung, wo sich eine Höhle befand.

„Wir werden wohl die Nacht hier fristen müssen, der Schneesturm hört so rasch nicht mehr auf", sprach Joveel.

Molamo versuchte, auf dem nackten Felsboden Schlaf zu finden. Eiskalte Tropfen perlten von der Decke herab und zersplitterten neben dem Jungen. Lange Zeit versuchte er, innerlich der Kälte Herr zu werden. Die Strahlen des Mondes tasteten sich vorsichtig in ihren Zufluchtsort hinein und Molamo war kurz davor einzuschlafen, als er unvermittelt erschrak. Eine schwarze Gestalt stand am Ausgang ihrer Höhle.

Molamo erstarrte und blickte zu Joveel: „Sieh doch", bangte er. Die Gestalt trat nun ins Mondlicht und die beiden erkannten einen Geistlichen in seiner Robe.

„Ihr seid ja schreckhafter als ein junges Reh. Was sucht ihr hier in der Rauheit der Berge? Folgt mir, ich führe euch zu unserem Tempel, dort wird euch Obdach gewährt."

Molamo und Joveel schlossen sich dem Mönch an. Er war sehr gewandt und Molamo und Joveel hatten es schwer, in diesem unwegsamen Gelände mitzuhalten.

„Ihr müsst leise sein", ermahnte sie der Geistliche. „Wir wollen nicht die Tiere und andere Wesen wecken, die in diesen Bergen leben."

Der Mönch geleitete sie über steile Bergpfade, bis sie schließlich zum Rand eines Abgrundes gelangten. Die dicken Nebelschwaden schienen zu versuchen, von unten die Felswand empor- zuklettern und Molamos Füße zu umgreifen.

„Was machen wir an diesem unmenschli- chen Ort?", fragte Molamo den Mönch. Dieser jedoch schwenkte nur seine Lampe hin und her, um den Nebel zu verdrängen.

Auf einmal setzte der Geistliche einen Schritt in die Luft und schwebte dann wahrhaftig über der Erde. Molamo und Joveel glaubten nicht, was sie sahen.

„Folgt mir, dies ist ein versteckter Weg, der uns zu meinem Tempel bringen wird."

Molamo begriff nicht, was hier vor sich ging, doch ihm blieb keine Wahl. Er wusste, dass er niemals allein aus diesem Gebirge heraus- finden würde, und somit setzte auch er einen Schritt in die Luft.

„Ich kann wirklich über den Wolken gehen", jubelte Molamo.

„Seid achtsam, ihr müsst zügig meinen Schrit- ten folgen", ermahnte sie der Mönch.

So liefen sie hinter dem Mönch über die

Luft. Kurz darauf offenbarte sich der Tempel vor ihnen. Erhaben und anmutig schwebte dieser von Nebel umwoben in der Luft.

Molamo glaubte zu träumen, als er mit Joveel und dem Mönch durch die riesigen Tore des Tempels schritt.

„Hier lebt ihr?", fragte Molamo.

„Ja, dieser Tempel existiert schon Ewigkeiten. Man sagt, dass er von Seelen verstorbener Mönche errichtet wurde, die in den Himmel aufstiegen, nachdem sie ihr körperliches Kleid verließen. Sie haben ihn erbaut, damit wir Mönche ungestört von den Kleinlichkeiten der Menschen unserem Ziel nachgehen können."

„Ich habe auch ein Ziel, ich will den *Unsterblichen* am *Berg der vier Jahreszeiten* treffen", warf Molamo ein.

So verweilten Molamo und Joveel eine lange Zeit am Wolkentempel. Der suchende Junge genoss es, fernab von der Welt und den Eitelkeiten der Menschen zu leben.

Die Mönche lehrten ihn viel. Sie lehrten

ihn die Einkehr. Sie lehrten ihn Stunden über Stunden, in sich zu gehen und seinen eigenen Geist als Betrachter zu erleben. Sie lehrten ihn die Beziehung von Gedanken und Gefühlen. Molamo verstand allmählich, dass Gefühle nur von Gedanken erzeugt werden und nie für sich selbst leben können und dass Gefühle nur dazu da sind, die Gedanken echt wirken zu lassen. Die Geistlichen zeigten Molamo, wie er seine Gedanken von seinen Gefühlen trennen konnte. Manchmal saß er tagelang in einem dunklen Raum und ließ seine Gedanken wie Wolken an sich vorbeiziehen. Die Mönche hielten ihn immer wieder an, seinen Geist zu stählen.

Molamo war sehr dankbar für die Lehren, die er erhielt. Endlich schien er auf etwas gestoßen, was die faulen Wurzeln seiner Selbstzweifel zu rupfen und den reißenden Strom seiner Gefühle zu schlichten versprach.

Die Mönche befüllten Molamo wie ein leeres Gefäß mit Wissen. Doch dieses Gefäß lief niemals über.

So spürte er an einem Tag, dass er nicht länger dort verweilen konnte. Sein Herz war rastlos, es schien nicht eher aufzuhören zu schmerzen, bis er seine letzte Erkenntnis fand. Er suchte die Einsicht, die alle seine Fragen zum Schweigen brachte und seine Lebensfreude entfachen sollte.

Daher teilte er Joveel mit, dass er weiterziehen wolle, da ihm dünkte, er könne nichts mehr von den Mönchen lernen. Zudem würden sich hinter der Abgeschiedenheit der Klostermauern nicht all die hässlichen Gefühle zeigen, die seine Mitmenschen in ihm hervorriefen. Molamo verabschiedete sich herzlich bei allen Mönchen für den Unterricht, den er bei ihnen erhalten hatte. Dann setzten die beiden ihre Reise fort.

Die Kunst der Verwandlung

Es war ein Mann,
an dessen Bein band man eine schwere Kugel.
Diese trug er jahrelang
in Gegenwart von großem Jubel.

Der Mann fühlte sich schwer,
sein Herz wurde kalt.
Irgendwann wünschte er sich sehr,
dass sein Leben endet bald.

Man schmiss den Mann übers Land,
sodass er auf dem Meeresgrund versank,
doch man glaubte nicht, was er dort fand.
Eine Säge aus purem Diamant.

Molamo und Joveel wanderten nun weiter entlang des Flusses, der ihnen Kompass war auf ihrer Reise.

Alsbald erreichten sie einen Strand, an dem sie Rast machten. Der Strand verzückte Molamos Gemüt sehr, da dort viele hinreißende Frauen anzutreffen waren. Oft tanzte er mit ihnen, begleitet vom Farbenspiel der flimmernden Sonne. Das Leben war leicht und beschwingt. Die schweren Gedanken waren verflogen.

Doch dabei schien Molamo auch sein Ziel aus den Augen zu verlieren, dem *Unsterblichen* näherzukommen. Bald wurde Molamos Körper dicklich, da er manchmal stundenlang unter den Blättern der Palme lag, während Joveel in den Wald jagen ging oder Pflanzen sammeln.

„Molamo, so wird nie etwas aus dir. Du bist viel jünger als ich und lässt einen alten Mann im Wald jagen. Hilf mir gefälligst, Nahrung für uns zu besorgen."

Doch Molamo gelang es nicht, seine Unlust hatte ihn völlig in Beschlag genommen. Eines führte zum anderen und Molamo schaffte es irgendwann nicht mehr, seinen müden Leib zu erheben. Er sah zwar ein, dass er so nicht weiterleben konnte, doch umso stärker er sich bemühte, sich aufzuraffen, desto mehr wurde er zurückgeworfen. Gleich jenen Schlingen von Pferdefängern, die sich nur noch fester schnüren, wenn man sich aus ihnen befreien will. Molamo war nahe daran zu verzweifeln.

Einmal, als Molamo wieder unter den Palmenblättern ruhte, beobachtete er Flussbauer, die den Boden bearbeiteten. Eine Zeit lang kamen sie sehr gut voran, doch irgendwann stockte ihre Arbeit.

„Verflucht. Wir kommen hier nicht weiter. Dort liegt ein riesiger Stein, den bekommen wir niemals beiseite", rief einer der Flussbauern.

Ein anderer sagte: „Klar schaffen wir den aus dem Weg, ich hole schwere Geräte, von mir daheim, damit heben wir das verdammte Gestein heraus. Wir müssen im Zeitplan bleiben!"

Tagelang beobachtete Molamo, wie die Flussbauer ein schweres Gerät nach dem anderen heranholten. Doch jedes verbog und verkrümmte sich am festen Stein.

„Unsere Arbeit wird nie fertig, wie sagen wir das nur unserem Auftraggeber?"

„Ich gebe nicht auf, ich werde das größte Gerät herbeischaffen, das ihr je gesehen habt. Ich lasse mich durch so einen blöden Stein doch nicht abbringen."

Am nächsten Tag rollte er mit einem wahren Koloss an. „Nun schaffen wir dieses Monster endgültig hinfort", posaunte einer der Männer. Die Maschine setzte ihre Schaufel an dem Stein an und versuchte ihn anzuheben. Doch dann sah Molamo, wie die Schrauben aus der Maschine sprangen und sich über den ganzen Strand verteilten. Die Flussbauer saßen fassungslos da und glaubten, nun ihre Arbeit zu verlieren.

„Wir können nicht aufgeben, unser Lebensunterhalt hängt davon ab. Ich kenne jemanden, der als der beste Flussbauer des Landes gilt. Ich werde mich aufmachen und ihn um Rat fragen", sprach einer von ihnen.

Nach einer Woche hatten sie den Meisterflussbauer gefunden und führten ihn zu der Baustelle.

„Ihr Idioten, was habt ihr da gemacht?", sprach er, „ihr hättet den Weg dort herum graben sollen."

„Das war nicht möglich, sieh doch den dichten Palmenhain dort. Es hätte Tage gedauert, bis wir dort herum gegraben hätten, und bedenke dabei die Kosten." Die anderen Flussbauern nickten.

Der Flussbaumeister erwiderte: „Seht doch die Zeit und die Kosten, die ihr jetzt aufgewendet habt. Ich versichere euch, ihr wäret rascher vorangekommen, hättet ihr den Stein nicht beachtet und dort herum gegraben."

Die Flussbauer waren von seiner Antwort sehr überrascht

„Ich bin nicht ohne Grund der beste Flussbauer des Landes. Die anderen versuchen ihre Flüsse immer mittendurch zu bauen. Sie denken, damit wären sie am schnellsten fertig. Früher haben mich alle verhöhnt, doch nun wissen sie, dass meine Methode die kürzeste ist, obwohl sie nicht danach aussieht."

Molamo hörte ihrem Gespräch voller Spannung zu. Er fühlte sich genauso wie die Flussbauer. Mit aller Gewalt hatte er versucht, sich aufzuraffen und Joveel beim Jagen zu helfen. Er beschloss nun, einen anderen Weg einzuschlagen und nicht mehr gegen seinen Widerstand anzukämpfen. Von dem Tag an half Molamo Joveel ein wenig, gerade nur so viel, dass es nicht zur Belastung wurde. Nach einiger Zeit war Molamo wieder der Alte und diesmal jagte er sogar mehr als Joveel.

Als die beiden einmal zusammen im Wald waren und wie üblich Beute anpirschten, wurden sie plötzlich von einigen Wildtieren umkreist. Die Tiere blickten Molamo mit fleischeshungrigen Augen an. Molamos Glieder versteinerten vor Furcht. Er konnte seinen Blick nicht von seinen Angreifern abwenden. Jede einzelne Sehne der

Tiere war gespannt wie ein Bogen, der jeden Augenblick seinen Pfeil in das Ziel abschnellen könnte. Molamo fühlte sich machtlos und plötzlich sprang eines der Tiere ihn an. Er versuchte, das Tier abzuschütteln, doch es biss sich in seinem Arm fest. Molamo schrie vor Schmerzen und blickte hilfesuchend zu Joveel. Doch dieser kämpfte ebenso mit einem der Wildtiere. Der Jüngling litt starke Schmerzen, er wusste, dass er den Kampf gegen seinen Gegner nicht gewinnen konnte. Er sah sich schon in den klaffenden Abgrund des Todes stürzen, als sein Widersacher plötzlich von ihm herunterfiel. Molamo nahm noch wahr, dass das Tier von einem Pfeil durchbohrt wurde, dann erlosch sein Bewusstsein.

Als er aufwachte, fand Molamo sich in einem Zelt wieder. Er konnte sich vor Schmerzen weder bewegen noch sprechen. Ein Mädchen aus dem Walddorf kümmerte sich mit Liebe und Hingabe um Molamo. Er spürte, dass er nur knapp dem Tod entronnen war.

Einmal in der Nacht, als seine Schmerzen unsäglich schlimm waren und sie sich wieder um ihn kümmerte, zeigte er all jenes, was Worte sonst zum Ausdruck bringen, durch seine Augen. Er blickte sie so lange an, bis der Schleier der Körperlichkeit zu verfliegen schien und sie gemeinsam durch den funkelnden Strom ihrer Seelen fuhren.

Auch der alte Fährmann Joveel erholte sich in dem Dorf wieder von dem Angriff und nach einiger Zeit halfen die beiden Wanderer den Waldmenschen bei ihren Arbeiten.

Molamo und das Waldmädchen, das ihn so umsorgt hatte, verband von nun an eine tiefe Liebe.

Einmal badeten sie in einer der heißen Quellen des Waldes. Makellos beherrschte sie das Liebesspiel. Das Spiel von Eis und Feuer. Sie war Molamo eine süße Frucht, an deren Nektar er sich immer wieder berauschte. Er musste jedoch aufpassen, dass er seine Männlichkeit bewahrte und nicht zu ihrem ergebenen Liebesdiener hinabsank. Lange noch liebkosten sie einander. So lange, bis sie sich den letzten Tropfen der Begierde aus dem Körper saugten.

Ihre Leidenschaft schien die Wolken aufzubrechen, sodass ein heftiger Regen auf sie herniederbrach. Beide versuchten noch, sich rechtzeitig zu retten, doch der Regen löste eine reißende Flut aus. Molamo versuchte, bei seiner Geliebten zu bleiben, doch er wurde von den Wassermassen fortgespült.

Als er wieder erwachte, befand er sich in einer Wüste, weit entfernt vom Wald. Molamo trauerte sehr. Er glaubte, alles verloren zu haben.

„Wieso geschieht so etwas immer nur mir?"

Der Suchende schleppte sich einsam und niedergeschlagen durch die Wüste. Er dachte, sein Leben wäre am Ende. Er hatte Joveel verloren, er hatte seine Geliebte verloren und er hatte den Weg zum *Berg der vier Jahreszeiten* verloren.

Molamo streifte eine Weile durch die Wüste, als er plötzlich seine geliebte Waldbewohnerin sah. Sie stand dort und rief ihm zu: „Molamo, halte durch, gleich bist du bei mir", und sie reiche ihm die Hand. Molamo kämpfte sich mit geballter Kraft zu ihr und wollte sie umarmen, doch er fiel nur durch sie hindurch in den staubigen Wüstenboden. Seine Geliebte war nur eine Täuschung des Windes. Der Verzweifelte vergoss die bittersten Tränen. Seine Tränen waren das einzige Wasser in der Wüste um ihn her.

Er schleppte sich völlig ausgetrocknet auf eine Sanddüne, da er von dort oben hoffte, eine bessere Aussicht zu erlangen. Als er schließlich die Spitze der Düne erreichte und sich schon in der Verderbnis wähnte, sah er eine Steinstadt, die mitten in der Wüste lag. Mit letzter Zuversicht trug er seinen Körper bis zum Eingangstor der Stadt.

Menschen in langen Gewändern ritten auf Pferden heran und reichten Molamo einen Krug mit Wasser. Der Jüngling trank ihn gierig leer und sank dann erschöpft zu Boden.

„Wo kommst du her, Wanderer?", fragte einer von ihnen.

„Ich komme aus dem Wald am Anfang der

Wüste. Ich habe mich irgendwann hierher verirrt."

„Du hast großes Glück", sprach einer der Wüstenbewohner, „wir sind das einzige Volk, das es schafft, in der Wüste zu überleben. Folge uns, wir nehmen dich mit in unsere Stadt."

Molamo saß abends mit den Wüstenbewohnern am Lagerfeuer. Die zuckenden Flammen spiegelten sich in ihren Augen wider.

„Die Flamme ist heiß, aber nicht so heiß wie unsere Herzen", sprach einer der Menschen und der Schleier seiner Kopfbedeckung wehte in sein dunkles Gesicht

„Die Leidenschaft trägt uns täglich durchs Leben und sie ist es, die die Kälte mancher Tage verscheucht."

Ein anderer fuhr fort: „Unser Volk sagt sogar, dass der Mensch einzig und allein Leidenschaft im Leben braucht. Je heißer die Flamme des Herzens ist, desto kältere Tage kann ein Mensch ertragen. Ein Mensch ohne Leidenschaft ist ein einsamer Mensch, der niemals den Frost des Lebens auszuhalten vermag. Ein Mensch braucht nichts im Leben, so lange die Flamme seines Herzens auf seinem Seelengrund lodert. Sie allein reicht aus, um die ganze Seele zu erwärmen, ungeachtet dessen, was sonst noch in ihm herrscht."

Molamo berührten diese Worte: „Meine Leidenschaft ist heiß, so heiß, dass ich manchmal glaube, an ihr zu verbrennen. Doch meine Seele fröstelt derzeit. Ich habe alles verloren. Meine Geliebte, meinen Gefährten und meinen Weg. Ich weiß wirklich nicht mehr weiter."

„Das ist gut. Wir freuen uns für dich", entgegnete einer der Wüstenbewohner. Molamo blickte ihn verwundert an.

„Wirklich. Siehe, unser Volk lebte auch einst in Kummer und Sorge. Wir wussten nicht, wie wir in dieser Wüste überleben sollten. Doch das machte uns stark und schlau. Wir lernten, wie man Steine in Essen und Wasser verwandelt, und leben im Überfluss. Die meisten Menschen laufen vor schlimmen Dingen im Leben davon. Doch gerade diese sind der wichtigste

Dünger für Erfolg. Anstatt dich vor schwierigen Situationen zu ängstigen, solltest du dich tief in sie hineinfühlen, sie durchleben und fragen, was sie dir zu sagen haben. Freue dich über deine Sorgen, da sie sich bald vielleicht schon in Schätze unerwarteten Reichtums verwandeln."

Nach diesen Worten legte sich Molamo in eines ihrer Zelte zur Ruhe. Er dachte noch lange über das Gesagte nach, so lange, bis die Nacht ihn mit seinen funkelnden Sternen zudeckte.

Am nächsten Morgen ging Molamo zu einem der Wüstenbewohner und sagte: „Ihr hattet recht mit dem, was ihr gestern Nacht beim Lagerfeuer gesagt habt. Ich habe noch lange darüber nachgedacht und in meinem Herzen sind bereits die ersten Strahlen der Hoffnung eingetroffen. Nur erkläre mir, wie ich wieder zu dem Fluss komme. Ich muss meine Reise fortsetzen. Ich suche einen *Unsterblichen* am *Berg der vier Jahreszeiten.*"

„Mache dir darum keine Sorgen", sprach der Wüstenbewohner, „folge mir", und Molamo ging mit ihm zu einer Stelle, an dem mehrere Felsen lagen. Der Wüstenbewohner kniete sich über einen der Steine und murmelte etwas vor sich hin. Molamo glaubte, er wollte sich einen Scherz mit ihm erlauben. Doch dann geschah etwas Seltsames. Der Felsen schien sich zu erheben. Molamo sah, wie sich Beine aus ihm formten. Dann folgte ein Schädel mit Mähne und auf einmal stand ein nachtschwarzes Pferd vor ihm und schnaubte.

„Wie ich dir bereits sagte, wir haben gelernt, aus vermeintlich schlechten, unbrauchbaren Dingen nützliche zu machen."

Molamo war gefasst.

„Steig auf. Es wird dich zur nächsten Stadt bringen."

Molamo ritt mit dem Pferd hinfort über die Wüstendünen. Er vertraute allein darauf, dass das Tier ihn führen würde. Tatsächlich erreichte er bald eine große Stadt. Er band das Pferd an und ging durch die breiten Straßen. Es war das erste Mal, dass er derart viele Menschen sah. Dieses Treiben war für ihn völlig neu. Die Menschen schienen alle nach geisterhaften Dingen zu streben, die nicht greifbar waren. Ihre Augen waren so starr, dass sie kaum ihre Umgebung bemerkten. Sie lebten miteinander, doch sie schienen sich gegenseitig kaum wahrzunehmen. Ein jeder war nur mit sich selbst beschäftigt und tat so, als hätte er ein unglaublich wichtiges Ziel, was es zu verfolgen gab. Aber am Ende des Tages wussten sie eigentlich nicht genau, was ihr Ziel überhaupt war.

Am Abend fand sich Molamo auf einem Marktplatz ein, wo sie eines ihrer bunten Feste feierten. Er gesellte sich unter sie und genoss selbstvergessen das Leben. Hemmungslos und frei tanzte er, als er plötzlich seine geliebte Waldbewohnerin in der Menge sah. Der Schwung ihrer Gliedmaßen glich in seiner Anmut einer Schlange, die sich um einen wickelt und wendet, bis man gelähmt ist, sodass sie dann zubeißen und ihr Gift in dein Herz schleudern kann.

Molamo schritt wie gebannt auf sie zu. Die Waldbewohnerin konnte nicht glauben, ihn wiederzusehen. Sofort umschlang sie ihn vor Freude.

„Wie hast du es bis hierher geschafft?", fragte Molamo sie.

„Nachdem uns der Regenfall entzweit hatte, wurde ich mit dem Fluss in diese Stadt gespült. Zum Glück wurde ich von einigen Fischern gerettet", erwiderte sie.

Molamo und die Waldbewohnerin beschlossen, nun einige Zeit gemeinsam in dieser Stadt zu verbringen.

Der Jüngling hing sehr an ihr. Er befand sich auf einem wilden Ritt der Gefühle. Er spürte Eifersucht, wenn er glaubte, sie würde andere Männer mit der gleichen Art anschauen, wie sie es bei ihm tat. Dann wieder schämte er sich, wenn sie seinen vermeintlich unvollkommenen Körper sah. Ein anderes Mal fürchtete er, von ihr verlassen zu werden. Doch Molamo erinnerte sich an die Worte der Wüstenbewohner. Dadurch schaffte er es, ein hässliches Gefühl nach dem anderen zu überwinden. Er wurde zu einem wahrlich stärkeren Menschen. Nach einiger Zeit verspürte Molamo keinerlei Eifersucht mehr in Gegenwart von anderen Männern und auch keine Scham, wenn seine Geliebte seinen Körper anblickte. Molamo wurde innerlich gelassener als die meisten anderen Menschen der Stadt. Eine geheimnisvolle Wandlung hatte sich in ihm vollzogen. Die Wüstenbewohner sollten recht behalten.

Nach einigen Monaten beschloss die Waldbewohnerin, in ihr Dorf zurückzukehren. Molamo spürte, dass sie nicht mit ihm zusammen reisen und *den Unsterblichen* finden wollte. So überirdisch auch die Schönheit ihren Körper säumte, so war sie im Innern doch ein einfacher Mensch, der nicht wie Molamo den Stern seiner Bestimmung am Nachthimmel suchte. Daher wusste er, dass er sich von ihr trennen musste.

Beide liefen zusammen zur Stadtgrenze, dort

blickte er noch ein letztes Mal in den Balsam ihrer Augen, der ihn so oft heilte. Noch lange blickte er ihr nach, so lange, bis sie am Horizont von der letzten Glut der Sonne verschlungen wurde.

Unseren Schauspieler töten

Du kommst auf die Welt,
zeigst den Menschen dein nacktes Antlitz,
doch sie wollen es nicht.

Also steigst du hinab in die Schmiede der Anerkennung
und entwirfst lauter Masken,
mit denen du dich aufs Fest begibst.
Doch dort betrinkst du dich so sehr,
dass du vergisst, wie man die Masken abnimmt,
und die Menschen wollen dich wieder nicht.

Also beschließt du herauszufinden, wie man die Masken zerstört,
um wiederzuerkennen, wer sie einst aufgesetzt hat.
Und du findest dich.
Nun gehst du wieder mit nacktem Antlitz aufs Fest
und siehst plötzlich all die anderen Masken.
Doch diesmal lachst du laut über das Spiel des Festes,
denn jetzt kennst du die Augen unter den Masken
Und du willst sie nicht.

Molamo blieb noch einige Zeit in der Stadt. Doch bald wollte er weiterreisen. Er teilte nichts mit den Menschen dort. Sie alle suchten nur das unbeständige Glück, das sich schnell wieder verflüchtigt. Molamo suchte aber das eine Glück, das aus dem Inneren strahlt und ihn nicht wieder verlässt. Einiges hatte er bereits gelernt auf seinem Weg. Die Einsichten, die er bei den Mönchen im Wolkentempel erhalten hatte, und die Erkenntnisse des Wüstenvolks. Doch Molamos Unrast war noch nicht gestillt. Noch hatte er die Truhe der Weisheit nicht geöffnet. So war der Wanderer kurz davor, die Stadt zu verlassen, als er plötzlich ein Schild las:

Findet euch heute alle zusammen.
Am Abend tritt der größte Schauspieler
des Landes in unserer Stadt auf. Nur Narren
würden sich das entgehen lassen!

Molamo beschloss, sich diese Aufführung anzusehen, bevor er weiterwanderte zum *Berg der vier Jahreszeiten.*

Menschen aus dem gesamten Land reisten an, um den Schauspieler zu sehen. Frauen warfen sich in ihre schönsten Kleider und die Männer sprachen von ihm in höchsten Tönen. Molamo war gespannt auf die Vorführung, aber hegte insgeheim keine großen Erwartungen, da er glaubte, dass nur die einfachen Menschen so etwas anhimmeln konnten.

Molamo war gerade mit dem Theater in seinem eigenen Kopf beschäftigt, als ihn plötzlich jemand ansprach:

„Ist dieser Platz noch frei?", es war die Stimme Joveels.

„Joveel", freute sich Molamo, „wie kommst du hier ins Theater? Ich glaubte, unsere Wege hätten sich für immer entzweit."

Der Jüngling freute sich, dass er seinen Gefährten wiedergetroffen hatte, obwohl er ihm eigentlich eine Last war. Joveel wollte gerade antworten, als sich der Vorhang hob und der Schauspieler auf die Bühne trat.

Wider Molamos Erwartungen fesselte ihn der Schauspieler. Unmerklich wurde er völlig eingenommen von seinen Künsten. Der Schauspieler wirkte so anziehend auf das Publikum, dass man seinen Blick nicht loszureißen vermochte. Er schaffte es, die Zuschauer in schallendes Gelächter ausbrechen zu lassen und wenige Zeit später in bitterlichste Tränen. Auch Molamo wurde von seinen Gefühlen hin- und hergerissen.

Am Ende der Aufführung blickten die Frauen den Schauspieler mit tränenden Augen an und die Männer waren ihm untergeben. Einer der Männer zog seine Frau sogar aus dem Zelt, damit sie den Schauspieler nicht weiter anhimmelte.

Auch Molamo war völlig überwältigt von seinen Künsten. Vor dem Zelt sagte er zu Joveel: „Ich will unbedingt so sein wie der Schauspieler. Ich will seine Kunst erlernen. Stell dir vor, welch wunderschöne Frauen ich damit verführen könnte."

Nachdem alle Zuschauer erheitert das Zelt verlassen hatten, versuchte Molamo, in den Umkleideraum des Schauspielers zu gelangen. Sobald Molamo die Tür gefunden hatte, stürmte er in den Raum hinein. Er erwischte den Schauspieler dabei, wie er sich gerade mit mehreren Frauen vergnügte. Doch der Besessene zögerte nicht zu fragen: „Unterrichte mich in deiner Kunst. Ich möchte genauso werden wie du. Ich bitte dich, ich bin ein gehorsamer Schüler."

Der Schauspieler erwiderte: „Verschwinde hier, Junge, du siehst doch, dass ich beschäftigt bin."

Sogleich wurde Molamo von einem der Leibwächter des Schauspielers gepackt und des Zeltes verwiesen.

Gebrochen kehrte Molamo zurück in seine Unterkunft. Die ganze Nacht überlegte er sich einen Plan, wie er den Schauspieler treffen könnte. Dann überkam ihn ein Einfall: Er würde sich als Frau verkleiden und so tun, als würde er den Schauspieler verführen wollen. Dann könnte er sehen, welch ein Talent Molamo besäße und ihn in seiner Kunst unterrichten.

Also verkleidete sich Molamo am nächsten Tag als Frau und ging zur Aufführung des Schauspielers. Vor dem Zelt stand eine Gruppe von Männern und Molamo ergriff die Gelegenheit, zu überprüfen, ob seine Verkleidung täuschend echt war. Er ging auf die Gruppe zu und sprach sie an. Die Männer hegten keine Zweifel ob seiner Verkleidung und begannen sogar gleich, um Molamo zu werben. Ihm fiel dabei auf, wie unaufmerksam Männer doch auf ihre Umgebung sind. Jeder von ihnen versuchte sofort, sich zu beweisen und sich in den Vordergrund zu stellen. Ein Verhalten, dessen man als Mann oft nicht gewahr ist. Molamo genoss es sogar irgendwann und ging bald völlig in seiner Rolle auf.

„So werde ich den Schauspieler schon überzeugen", dachte sich Molamo siegessicher.

Nach der Aufführung schlich sich Molamo erneut in den Umkleideraum des Künstlers. Diesmal bat ihn der Schauspieler freundlich herein. Molamo konnte sein Glück kaum fassen, doch versuchte die Fassung nicht zu verlieren. Er gab sein Bestes, um den Schauspieler zu überlisten, und gleich würden sie sich küssen, sodass Molamo seine Verkleidung aufdecken konnte, da trat der Künstler ihm plötzlich kräftig zwischen die Beine.

„Denkst du etwa, du kannst den besten Schauspieler des Landes mit so einem billigen Trick täuschen? Da habe ich ja als kleiner Junge besser gespielt."

Wieder wurde Molamo von den Leibwächtern hinausgeworfen. Vor dem Zelt wurde er zum Gespött aller Zuschauer.

Völlig entrüstet kehrte er zu Joveel zurück und berichtete ihm seinen Kummer.

„Sei nicht traurig, Molamo, man kann nicht immer alles im Leben bekommen. Vielleicht wurde es dir einfach nicht in die Wiege gelegt, zu schauspielern. Lass uns morgen weiterziehen in Richtung des *Unsterblichen*. Du solltest dein Ziel nicht aus den Augen verlieren."

Am darauffolgenden Tag verließ er mit Joveel die Stadt. Sie gingen weiter am Fluss entlang,

der sie zum *Berg der vier Jahreszeiten* führen
sollte. Lange Zeit zogen die beiden durch eine
Einöde.

„Diese Gegend hier gleicht meiner Seele,
Joveel. Trostlos und dürr."

„Verzage nicht, manchmal leitet uns das
Schicksal auf Wege, die unser Verstand nicht
begreifen kann. Ich erlebte dies oft als Fährmann auf dem Meer. Der Wind des Schicksals
kann schneller seine Richtung ändern, als man
denkt, und die Segel auf völlig neue Kurse rich-
ten."

„Ach, was weißt du schon, du bist ein einfacher Fährmann", entgegnete Molamo trotzig.

Auf einmal hörten die beiden hinter sich
eine Kutsche auf sie zukommen. Sie schien
geschwinder zu fahren als üblich und bald
merkten Joveel und Molamo, dass der Fahrer
die Beherrschung über die Kutsche verloren
hatte. Molamo und Joveel konnten gerade noch
zur Seite springen, als die Pferde vor ihnen
zu Boden stürzten und ein Rad der Kutsche
absprang. Einige Momente lang staubte alles

um sie herum und versperrte den beiden die Sicht. Dann stieg plötzlich ein Mann aus und klopfte sich den Staub von seiner Kleidung. Es war der Schauspieler.

„Ich wusste, ich hätte nicht so junge Pferde so ungezügelt laufen lassen sollen. Jetzt ist das Rad meiner Kutsche hinüber."

Als der Künstler Molamo erkannte, sagte er: „Bist du nicht der Junge aus dem Theater, der mich letztens so belästigt hat?"

Molamo blickte verschämt hinab.

„Ich glaube, ich werde dich wohl nie los. Wie gelange ich jetzt bloß von hier weg?", fluchte der Schauspieler.

„Ich war lange Fährmann", entgegnete Joveel, „ich kenne mich gut mit Holz aus und so ein einfaches Rad werde ich noch anbringen können."

„Wirklich?", drehte sich der Schauspieler erfreut um, „was kann ich euch dafür als Gegenleistung geben? Ich habe genug Münzen bei mir. Ihr könntet euch davon neue Kleidung und Essen kaufen. Ihr seht aus, als könntet ihr das gebrauchen."

„Nein, das brauchen wir nicht. Bitte unterrichte den Jungen hier neben mir doch in deiner Kunst, sonst wird er mich womöglich noch unseren gesamten Weg damit nerven."

Molamo konnte sein Glück kaum glauben.

„Gut, dann werden wir hier so lange spazieren gehen, bis der Fährmann meine Kutsche wiederhergestellt hat, und ich werde dir alles sagen, was ich weiß. Aber es wird wahrscheinlich nicht das sein, was du denkst."

Als Molamo mit dem Schauspieler umherging, fragte er sein Vorbild: „Wie schaffst du es also, die Menschen so in deinen Bann zu ziehen? Ich will auch so sein wie du und alle Frauen der Welt verführen."

Der Schauspieler schmunzelte. „Du bist noch jung und dein Blut rauscht nur für Frauen. So war es bei mir auch. Doch früher verstießen sie mich alle."

Molamo konnte jedoch nicht glauben, was er hörte.

„Bei der Aufführung lagen die Frauen dir doch zu Füßen."

„Das war nicht immer so. Im Gegenteil. Früher waren meine Vorstellungen dröge. Ein Zuschauer nach dem anderen verließ den Saal. Mir drohte schon der Vertrag gekündigt zu werden. Somit dachte ich mir immer mehr Rollen aus, die die Leute sicher beeindrucken sollten, wie ich mir dachte. Doch umso mehr Rollen ich annahm, desto abstoßender befanden die Menschen mein Spiel. Ich erinnere mich noch gut daran, wie ich nächtelang weinend wach lag und mit mir und der Welt haderte."

„Wie hast du es dann geschafft, so ein überragender Schauspieler zu werden, wie du es heute bist?", brannte es Molamo auf den Lippen.

„Irgendwann habe ich meinen Schauspieler getötet."

Der Junge blickte ihn fragend an.

„Irgendwann habe ich entschieden, den Leuten nicht mehr irgendwelche komischen Masken von mir zu zeigen, sondern mein wahres Selbst. Zunächst dachte ich, die Menschen würden mich dafür hassen, doch dann stellte ich fest, dass sie wie gebannt vor mir saßen.

Irgendwann erzählte ich den Leuten immer mehr von mir, bald sogar von meinen tiefsten Ängsten und Sehnsüchten. Und sie schienen mich alle zu lieben. Ich konnte es nicht fassen. Ich war schon kurz davor gewesen, alles hinzuwerfen."

Molamo war wirklich verblüfft von dieser Antwort. Damit hatte er nicht gerechnet.

„Wieso glaubst du, dass die Leute dich auf einmal liebten, als du aufgehört hast, jemand anderen zu spielen?"

„Ganz einfach. Weil jeder auf dieser Welt irgendjemanden spielt. Kaum jemand wagt es, einmal alle Masken von sich abzulegen und sein wahres Gesicht, seine wahren Gefühle und seine wahren Absichten zu offenbaren. Die Menschen haben Angst, dadurch verletzt zu werden, also setzen sie sich eiserne Masken auf, die sie vor den Gemeinheiten der Außenwelt schützen sollen. Doch ein starker Mensch braucht all diese Masken nicht, ihn kümmert es nicht, was die anderen Menschen von ihm denken. Er sagt geradewegs das, was er denkt.

Das wiederum lieben die Menschen. Doch ich musste vorher viele Tränen vergießen, bis ich das erkannte."

Molamo war völlig hingerissen von den Ausführungen. Der Schauspieler hatte recht.

„Deswegen himmeln dich auch die Frauen an, nicht wahr?"

„Richtig, gerade bei Frauen sind Masken besonders unselig. Sie sind diejenigen, die noch am ehesten durch diese Masken hindurchschauen können. Das scheint in ihrer Natur zu liegen. Frauen spüren ganz genau, wann jemand etwas nur spielt und wann jemand etwas ernst meint. Du musst nicht einmal der Lustigste oder der Gescheiteste sein, du musst nur dein wahres Gesicht zeigen. Anstatt also mehr zu tun, musst du eigentlich weniger machen. Insbesondere Männer versuchen in Gegenwart von schönen Frauen, ihre geschmücktesten Masken aufzusetzen. Doch wenn jemand seine Maske absetzt und die Frau geradewegs in seine Seele blicken lässt, kannst du mit einer tiefen, seelischen Verbindung mit ihr rechnen."

Als der Schauspieler dies sagte und Molamo ihm ins Gesicht blickte, geschah plötzlich etwas Außergewöhnliches. Vorher sah Molamo nur sein makelloses Äußeres. Doch auf einmal erblickte er Narben in seinem Gesicht, die ihm vorher gar nicht aufgefallen waren. Plötzlich sah Molamo die schmutzigen Zähne und die krumme Nase des Schauspielers. Er bemerkte auf einmal all seine Unvollkommenheiten.

Unser Weltbild verwerfen

Du siehst einen Dämon, der seine Zähne bleckt.

Seine Augen sind Pforten ins Fegefeuer.

Du fürchtest dich vor diesem Ungeheuer,

bis dich etwas aus deinem Traum erweckt.

Der Schauspieler beförderte Molamo und Joveel in seiner reparierten Kutsche ein Stück weit den Fluss hinauf, bis er seinen eigenen Weg einschlug. In der Ferne sah Molamo den *Berg der vier Jahreszeiten.*

„Sieh einmal, Joveel, das muss er sein, der umschwärmte *Berg der vier Jahreszeiten.*"

Geheimnisvoll stand er da. Er schien nichts sagen zu wollen, dennoch Tausende von Geheimnissen zu bergen. Dass Molamo seinem Ziel trotz aller Widrigkeiten schon so nahe gekommen war, machte ihn nachdenklich. Er dachte über seine Mitmenschen nach. So glaubte Molamo, dass in jedem Menschen ein Vulkan schlummert. Doch dieser wird von anderen andauernd verleugnet. Insbesondere jene Menschen, dessen Vulkan bereits erloschen ist, reden uns ein, dass er nicht existiert und dass wir ihn rasch wieder vergessen sollten. So erfriert der Vulkan meist nach der Jugendzeit. Doch manche erleben in ihrem Inneren eine heftige Erschütterung, die den Vulkan wieder zum Ausbruch bringt, sodass er das

Feuer unserer Sehnsüchte weit über den Himmel ausspeit. Dadurch wird die Umgebung in Brand gesteckt und der Suchende muss nun den Kampf durch das Dickicht der Gesellschaft gewinnen, die ihn mit aller Macht aufhalten will, das dahinterliegende Land der Freiheit zu betreten. Dieses Gefecht erfordert eine starke Seelennatur und die meisten Menschen erliegen ihm und sind nun für immer gefangen im Unterholz ihrer diktierenden Mitmenschen. Oft geschieht es jedoch gerade nachts, wenn die Umgebung um sie herum leise ist, dass sie sich wieder erinnern, und wenn auch nur kurz, sehen sie den einstigen Schweif ihrer Sehnsüchte am Nachthimmel glimmen. Am nächsten Morgen werden die meisten ihn aber wieder vergessen haben.

Plötzlich brach ein heftiger Regen über die beiden Reisenden ein und sie beeilten sich, Schutz zu finden.

Spät abends und gänzlich durchgenässt gelangten sie an eine alte Sternwarte auf einem

Berg. Da sie ziemlich heruntergekommen aussahen, bangten Molamo und Joveel, ob ihnen jemand aufmachen würde. Sie waren sehr erleichtert, als ihnen ein alter Mann mit bedrücktem Gesicht öffnete. Der Mann gewährte ihnen Einlass, doch er wirkte teilnahmslos, als würde er alles einfach über sich ergehen lassen. Als sie am Tisch saßen, fragte ihn Molamo geradewegs:

„Wieso siehst du so traurig aus? Du lebst doch in einer bezaubernden, hoch gelegenen Sternwarte?"

Der Mann hob seine ermatteten Augen zu Molamo. Er schien etwas in ihm getroffen zu haben.

„Das ist es eben, niemand möchte mehr meine Sternwarte besuchen. Deswegen lebe ich hier ganz einsam und wehklage vor mich hin."

„Wieso möchte dich niemand mehr hier besuchen?", fragte Molamo.

„Irgendwann habe ich beschlossen, den Menschen etwas Außergewöhnliches zu bieten. Einen Ausblick, wie ihn nie jemand zuvor erblickt hat. Also baute ich mit einem Freund, der sich in der Waffenkunde versteht, eine Kanone. Durch seine Schwärmerei für Waffen und mein Wissen über die Sterne und Planeten wollten wir Menschen auf einen anderen Planeten schießen, damit diese unsere Welt von außen betrachten könnten."

„Das klingt nach einer blendenden Idee", sagte Joveel.

„Das dachten wir auch, aber es hat uns völlig ruiniert. Wir merkten irgendwann, dass keiner der Menschen, die wir hoch auf einen anderen Planeten geschossen haben, jemals wieder zurückgekehrt ist. Sie sagten, sie hätten von dem Aussichtspunkt auf dem anderen Planeten nur Schreckliches auf dieser Welt gesehen. Also wollten sie nie wieder zurück. Nun leben sie alle auf dem anderen Planeten. Ich komme mir unheimlich schuldig vor. Ich wollte doch nur Gutes, ich bin solch ein Unglückswurm."

Molamo fühlte sehr mit dem alten Mann. Man konnte seine Trauer spüren. Da fiel ihm etwas ein:

„Weißt du, guter Mann, ich werde mir selbst ein Bild davon machen. Ich werde herausfinden, wieso die meisten Menschen nicht mehr zurückwollen auf die Erde."

„Nein, tue das bloß nicht. Du wirst deines Lebens nicht mehr glücklich werden, ich will nicht noch eine Seele in den Abgrund führen", wies ihn der alte Mann ab.

„Ich habe schon viele andere Dinge überstanden, die nicht für möglich gehalten wurden. Ich werde es schaffen. Ich will unbedingt wissen, was diese Menschen so zum Trauern bringt."

Der Mann spürte, dass Molamo nicht mehr von seinem Vorhaben abzuhalten war. Also willigte er ein.

„Gott, ich hoffe, dafür komme ich nicht in die Verderbnis. Verzeih mir, Herr", wiederholte er einige Male. „Diese Kanone wurde lange nicht mehr gebraucht, ich muss erst einmal prüfen, ob sie überhaupt noch zu schießen fähig ist."

Der Mann kletterte in die Kanone hinein und schraubte einige Male an ihr herum.

Dann stieg er aus und verkündete: „Nun sollte sie funktionieren. Bevor du dich hineinbegibst, musst du dir aber noch diese Flügel anlegen. Sie sind besonders für Reisen in enormer Geschwindigkeit angefertigt worden."

Der Mann half Molamo, die Flügel umzuschnallen und in die Kanone zu steigen.

„Und denke bitte daran, wenn du umkehren willst, findest du dort oben auch eine Kanone, sie wird dich wieder zur Erde zurückführen. Doch das wird sicherlich nicht geschehen. Was bin ich doch für ein schlechter Mensch. Ich werde im Kessel des Teufels schmoren", schluchzte der Mann.

Dann zündete er die Schnur der Kanone und begab sich in Sicherheit. Einige Momente der Hochspannung durchfuhren Molamos Körper. Dann wurde er in die Lüfte geschossen. Niemals zuvor spürte Molamo eine derartige Freiheit. Er öffnete seine Flügel und flog durch den Himmel, geradewegs ins Weltall. Er flog durch Straßen von Sternen, streifte kosmische Gesteine und durchtauchte glitzernde Wolken.

Molamo wurde Zeuge des kosmischen Spektakels. Er sah Planeten, die gegenseitig um ihre Schönheit wetteiferten und unendlich lange Schleppen hinter sich herzogen, auf denen tausende von kleinen Sternen gestickt waren.

Molamo flog weiter und durchbrach unvermittelt die Himmelsdecke des anderen Planeten. Mit großer Wucht schlug Molamo auf einer Gesteinsfläche auf. Einige Momente lag er benommen auf dem Boden. Er spürte, dass Flammen an seinen Flügeln züngelten.

Nach einer kurzen Ruhepause erkundete Molamo den Planeten. Bald traf er allerlei Menschen, die ihn schwermütig anblickten. Jeder von ihnen wirkte ermattet. Molamo fragte einen, warum sie alle so bedrückt seien.

„Wir haben durch das Aussichtsrohr geblickt. Weißt du denn nicht, wie verdorben die Erde ist? Keiner von uns wünscht sich, jemals wieder dorthin zurückzukehren. Nun müssen wir hier unser Dasein fristen, obwohl es hier nichts gibt."

„Wo ist dieses Aussichtsrohr?", fragte Molamo.

„Es befindet sich, auf dem höchsten Hügel hier auf dem Planeten, aber ich rate dir dringend ab, dort hindurchzublicken. Du wirst nie wieder heiter."

Molamo schritt weiter den Planeten ab und fragte die anderen Menschen nach dem Weg zum Aussichtsrohr. Jeder von ihnen riet Molamo eindringlich davon ab, auf die Erde zu schauen, doch er wollte unbedingt wissen, was es war, dass die Welt so grausam machte. Schließlich gelangte er auf den Hügel zu dem Aussichtsrohr und traute sich, hindurchzublicken.

Was Molamo dort erblickte, hätte er nie erwartet. Er sah die Erde von außen, er sah, wie die Menschen sich gegenseitig Leid zufügten. Er sah, welch Grauen sie den Tieren anrichteten, er sah Menschen wimmern und klagen. Molamo fühlte den Schmerz der ganzen Erde. So bewusst hatte er die Welt vorher nie wahrgenommen. Molamo spürte plötzlich einen tiefen Ekel gegen seine Heimat.

„Die Menschen haben recht", dachte er, „wie

konnte ich das all die Jahre nicht bemerken? Dieser Planet ist wirklich widerlich. Wie blind bin ich doch umhergewandelt?"

Molamo wandte seinen Blick wieder von der Erde ab. Ein tiefes Gefühl der Abscheu breitete sich in seinem Gemüt aus. Molamo wusste nun, er war einer von ihnen, er konnte nicht wieder zurück auf diese Erde. Eher würde er auf diesem Planeten verenden, als wieder auf der Erde zu leben.

Der Traurige schlenderte nun leblos wie einer von den anderen Menschen auf diesem Planeten umher. Er wurde nun gezwungen, wie sie auf diesem Stern leben zu müssen. Die einzige Arbeit, die diese Menschen hatten, war das Schleifen von Kristallen, die in Überzahl auf dem Planeten zu finden waren. Daher verbrachte Molamo die nächste Zeit damit, unzählige Kristalle zu schleppen und sie für die Menschen aufzubereiten und an sie zu verkaufen. Elend war diese Arbeit und keiner der Bewohner freute sich auch nur einen Tag ihres

Daseins auf dem Planeten. Auch Molamo hob sich an den schweren Kristallen buckelig, doch er konnte sein Leben nicht beenden. Somit war er gezwungen, jeden Tag diese Schmach zu erleben.

An einem Tag saß er während seiner Arbeit auf einem Hügel und blickte voller Trauer hinab auf die Erde. Er sah die Sonne, die hinter dem Erdball hervorspinkste und einer seiner Hälften mit ihrem Licht den Tag schenkte. Molamo dachte wehmütig an seine Zeit auf der Erde zurück. Doch er konnte dieses Gefühl nicht ertragen und stand wieder auf. Er versuchte gerade seinen Kristall aufzustemmen, als dieser ihm plötzlich aus seinen schwachen Händen entglitt und auf dem Sandboden zersplitterte. Er fiel erschöpft und voller Trauer hernieder und konnte sein Pech nicht fassen. Er lag umgeben von den Kristallstücken dort und blickte hinab auf die Erde. Dann nahm er eines der Stücke und blickte dort hindurch. Auf einmal traf ein Sonnenstrahl unmittelbar in sein Kristallstück ein und Molamo konnte durch die Spiegelung für einen kurzen Augenblick die Menschen auf der Erde sehen. Zu seiner Überraschung erblickte er diesmal aber ein ganz anderes Schauspiel. Er sah die Menschen sich liebkosen und beschützen. Er sah die Tiere, die den Menschen dienten und nutzten. Er sah die Menschen füreinander einstehen und miteinander feiern. Molamo glaubte nicht, was in dem Moment vor sich ging. Urplötzlich fühlte er auch keinen Argwohn mehr, sondern erkannte wieder das Gute im Menschen.

Sofort raffte Molamo sich auf und wollte wieder zur Erde zurückkehren, um dem Mann in der Sternwarte von seinem Erlebnis zu berichten. Somit beschloss er, nach der langen Zeit der Verdammnis wieder zur Welt zurückzureisen, und stieg erneut in die Kanone, die ihn zur Erde befördern sollte.

Als er die Sternwarte erreichte, blickte der Mann Molamo ungläubig an. Er hielt es nicht für möglich, dass jemand von dem Stern zurückgekehrt war.

„Ich habe die Lösung für dein Problem",

jubelte Molamo, „du hast das Fernrohr einfach an der falschen Stelle aufgestellt. Ich habe einen Ort gefunden, an dem die Welt ganz wunderbar aussieht."

Der alte Mann blickte ihn aus ungläubigen Augen an.

„Begleite mich, wir bauen das Fernrohr an diese Stelle, du wirst selbst sehen, wie schön die Welt von diesem Ort aus erscheint."

Der Mann aus der Sternwarte zögerte noch eine Weile, beschloss dann aber, Molamo zu folgen.

Auf dem Stern angelangt, brachte Molamo ihn zu dem Ort, an dem sein Kristall zu Boden gefallen war. Der Mann errichtete dort sein Fernrohr und war fassungslos, was er diesmal erblickte.

„Ich glaube nicht, was ich nun sehe. Die Welt erscheint mir auf einmal ganz anders. Wie ist das möglich?"

Der Mann wich benommen von dem Fernrohr zurück.

„Nun dämmert es mir!", sprach er, „egal, von

wo aus man die Welt auch betrachtet, es bleibt immer nur eine Sichtweise von der Welt. Doch diese Betrachtungsweise gibt niemals die Welt als Ganzes wieder. Wie blind bin ich doch nur umhergegangen?"

Der Mann umschlang Molamo dankend.

„Die Menschen versuchen immerzu, die Welt zu erklären und ihr Beschreibungen zu verleihen, doch diese Beschreibungen sind niemals die Welt selbst. Wie eng und klein wir uns doch somit unsere Welt machen", fuhr der Mann aus der Sternwarte fort.

„Was bedeutet das für das Leben auf der Welt?", wollte Molamo wissen.

„Dies bedeutet, dass wir nicht so fest an unseren Überzeugungen hängen sollten, weil diese sowieso nur in unseren Köpfen entstanden sind. Es gibt keine endgültige Wahrheit. Alle Erklärungen sind immer nur eine Annäherung an die Wirklichkeit."

„Was bedeutet dies aber nun unmittelbar für die Menschen?", hakte Molamo nach, „wie können wir den Menschen hier helfen, die so traurig über diesen Planeten wandeln, weil sie in ihrer Sichtweise gefangen sind?"

„Die Menschen hier müssen erkennen, dass die Geschichte um die Welt oder um ihr Leben, die sie erschaffen haben, nicht echt ist. Sie sollten sich von allen Vorstellungen und Erwartungen lösen, um die Welt jeden Tag aufs Neue nackt und unberührt zu erleben. Es sind nämlich immer nur unsere Überzeugungen, die uns an der Welt hadern oder über sie jubeln lassen. Wenn es aber keine endgültigen Überzeugungen mehr gibt, erlebe ich die Welt unmittelbar und ohne Filter. Ich werde nun schleunigst beide Fernrohre abbauen, damit die Menschen hier sich kein Bild mehr von der Erde machen können, sondern sie mit ihren eigenen Augen erleben."

Molamo half dem Mann aus der Sternwarte daraufhin beide Fernrohre zu entfernen. Nach einiger Zeit, erholten sich die Menschen auf dem Planeten wieder. Sie lernten, die Welt mit ihren eigenen Augen zu sehen.

Wer bin ich wirklich?

Molamo reiste wieder zur Erde zurück und wanderte nun voller neuer Einsichten mit Joveel am Fluss entlang, der sie zum *Berg der vier Jahreszeiten* führen sollte.

Molamo nahm sich vor, die Welt nicht mehr so streng zu sehen und sich auch auf die Meinung anderer Menschen einzulassen, wie weit entfernt sie auch erscheinen mochten.

Nach langer Zeit des Vagabundenlebens vermisste er jedoch allmählich die Vorzüge der Sesshaftigkeit. Molamo und Joveel durchreisten ein kleineres Dorf und der Jüngling sah auf einmal ein Spiegelgeschäft, in dem er sich zurechtmachen konnte.

Molamo trat ein und stellte sich vor einen der Spiegel, um sich zu mustern. Dann sprach ihn plötzlich von hinten eine Stimme an: „Glaubst du, was du siehst, ist wirklich?"

Molamo wurde aus seiner Versenkung gerissen. Es war die Stimme des Ladenbesitzers, der Molamo dabei beobachtet hatte, wie er sich im Spiegel betrachtete.

„Natürlich ist das wirklich, was ich sehe. Ich bin lange gewandert, ich kenne die dunkelsten Kammern meiner Seele", antwortete Molamo und glaubte damit, das Gespräch beendet zu haben. Der Mann brach in schallendes Gelächter aus, was Molamo sehr traf. Es schien, als würde der Mann sein ganzes Leben verachten.

„Solche Kerle wie dich habe ich im Übermaß kennengelernt. Die äußerlich stärksten Menschen sind hier eingekehrt und kamen sich vor wie kleine Götter. Doch als sie sich dann länger in meinem Geschäft aufhielten, brachen sie allesamt zusammen, wie kleine Kinder", fuhr der Ladenbesitzer fort. Molamo fühlte sich in seiner Eitelkeit gekränkt und wollte wissen, was es damit auf sich hatte. „Wie meinst du das? Sie wären hier herausgekommen wie schwache Geschöpfe?"

Der Verkäufer: „Wenn sie überhaupt wieder hinausgelangt sind. Die meisten wurden für immer im Spiegelsaal verbannt."

Molamo schrak auf und war verwundert, worum es sich bei dem Spiegelsaal handelte.

„Ich besitze einen magischen Spiegelsaal bei mir im Keller, in dem jeder Mensch vollkommene Selbsterkenntnis erlangen kann. Doch die meisten ertragen es nicht und gehen zugrunde, wie ich dir soeben erläuterte."

Der Ladenbesitzer wies auf eine Wand, an der eine Reihe von Selbstbildern hingen.

„Ich möchte diesen ebenfalls betreten und die Selbsterkenntnis erlangen, von der du sprichst. Allerdings glaube ich nicht, noch etwas Neues über mich zu erfahren", verhöhnte Molamo den Ladenbesitzer. Er war wirklich gespannt, was dort unten auf ihn wartete.

„Einverstanden, doch vorher musst du ein Selbstbild von dir malen, so wie die anderen, die dort an meiner Wand hängen."

Molamo willigte ein, setzte sich hin und begann, sich zu malen. Nahezu selbstvergessen verlor er sich in seinem eigenen Antlitz. Er hielt sich für außergewöhnlich ansehnlich. Er malte seine blonden Haare, so weich wie Sand, der zwischen den Fingern hinabrinnt, und seine Augen so blau und klar wie ein morgendlich erwachter Himmel. Molamo war sehr überzeugt von sich und betrachtete sich als einen Auserwählten unter den Menschen. Das zeigte sich auch in seinem Selbstbild.

Als er es dem Verkäufer überreichte, lachte dieser laut und meinte, dass Molamo es schwer haben würde unten im Spiegelsaal. Dann hängte er das Selbstbild zu den anderen Bildern. Der Spiegelhändler ging mit Molamo zu einer Treppe, die in den Spiegelsaal hinabführte, und verabschiedete sich von Molamo.

Molamo spürte, wie er bänglich wurde, er war sich plötzlich doch nicht mehr so sicher, ob er es ertragen könnte, sich selbst zu begegnen. Dennoch zog ihn seine Neugier hinunter. Die Wendeltreppe führte immer weiter hinab, sodass Molamo irgendwann glaubte, völlig von der Welt abgenabelt zu sein. Dann stand er plötzlich in einem großen Saal, in dem rundum Spiegel hingen. Molamo stand ganz allein da und musterte sich lange von allen Seiten. Niemals war er sich und seinem Abbild so unmittelbar ausgesetzt gewesen. In diesem Raum gab es keinerlei Ablenkung. Molamo war mit sich allein. Ihm blieb nichts anderes übrig, als sich selbst lange zu betrachten. Nichts geschah und Molamo sann plötzlich über sein Leben. Er erinnerte sich an all die schönen Momente, die ihm widerfahren waren, und an all die gräulichen. Dabei fiel ihm auf, dass diese meist mit anderen Menschen zu tun hatten. Er spürte, dass sein Selbstwertgefühl von den Geschehnissen mit anderen Menschen abhing. Behandelten sie ihn gut, fühlte er sich stark, behandelten sie ihn schlecht, hielt er sich für einen Narren.

„Wieso beruht unser Selbstgefühl auf der Meinung anderer Menschen?", fragte er sich.

„Wer bin ich überhaupt wirklich?"

Molamo konnte nicht fassen, dass er gerade zum ersten Mal darüber nachgedacht hatte. Er schien doch bisher immer zu wissen, wer er genau war, doch auf einmal glaubte er, sich verloren zu haben.

„Was ist mein roher Kern, unabhängig von den ganzen Bildern, die Menschen von mir haben?", fragte er sich.

Molamo begann zu verzweifeln. Er schlug vor Wut auf einen der Spiegel ein, der sogleich in viele Scherben zersprang.

„Mein ganzes Leben lang habe ich über mich selbst nachgedacht und jetzt stehe ich hier und weiß nicht einmal, wer ich wirklich bin?"

Molamo fühlte sich unbehaglich. Völlig entsetzt wollte er den Spiegelsaal verlassen. Er drehte sich um, um die Treppe wieder hinaufzurennen. Doch auf einmal stand eine Person vor ihm und versperrte ihm den Ausgang. Es war sein Selbstbild.

„Wo willst du denn hin?", fragte es, „ich glaube, wir beide sind noch nicht fertig miteinander."

Molamo stand entgeistert da.

„Lass mich durch", schrie Molamo und rannte los, um an seinem Selbstbild vorbeizugelangen, doch dieses packte ihn und schmiss ihn zu Boden.

„Du Schwächling. So kenne ich dich. Suchst immer die Flucht, wenn es schwierig wird."

Molamo spürte, dass er an seinem Selbstbild nicht vorbeigelangen würde. Voller Inbrunst stand es vor ihm. Es sah unbezwingbar aus. Molamo brach in Tränen aus.

„Wieso habe ich mein Leben lang so ein großes Bild von mir gepflegt?", fragte er sich, „meine Eitelkeit wird mir nun zum Verhängnis."

„Das ist richtig", sagte sein Selbstbild, „du hast mich dein Leben lang erschaffen, du hast mich zu dem gemacht, der ich jetzt bin, sei stolz darauf."

Molamo weinte bitterlich. Er wusste, dass es kein Entrinnen aus dieser Situation gab. Plötzlich fiel ihm etwas ein: „Wenn das mein Selbstbild ist, dann wird es mit Sicherheit dadurch schwach werden, dass ich ihm von all meinen Niederlagen erzähle. Die haben mich immer schon zermürbt."

Nun fing er an, seinem Selbstbild von all den Momenten zu erzählen, in denen er wirklich versagt oder sich lächerlich gemacht hatte. Doch zu seiner Verwunderung wurde sein Selbstbild dadurch noch stärker. Molamo verzweifelte. Er ärgerte sich maßlos, dass er sich selbst in seinem Kopf so groß gemacht hatte. Dann kam ihm eine weitere Idee.

„Wenn er durch Beleidigungen gewachsen ist, dann werde ich ihn einfach loben. Vielleicht wird er dadurch geschwächt."

Jetzt erzählte Molamo seinem Selbstbild von all seinen großartigen Taten. Er erinnerte ihn an alle Situationen, in denen er ein Held in den Augen anderer war. Doch zu Molamos großem Erstaunen wuchs sein Selbstbild auch dadurch heran. Nun stand ein wahrer Koloss vor ihm. Sein Selbstbild maß die doppelte Größe Molamos und versperrte gänzlich den Ausgang. Molamo war völlig entrüstet.

„Ich werde niemals gegen mich selbst gewinnen", schluchzte er. „Ich habe mir ein übermächtiges Selbstbild erschaffen. Der Ladenbesitzer hatte recht. Ich werde hier verenden, wie alle anderen auch."

Er verstand nun auch, wieso all diejenigen, die viel von sich hielten, am ehesten gegen sich selbst verloren. Molamo sah keinen Ausweg mehr. Er wurde ernstlich von sich selbst bezwungen.

„Ich kann das nicht mehr ertragen", sagte er und griff nach einer Scherbe, die auf dem Boden lag. Dann rammte er sie sich selbst mitten ins Herz. Molamo sank voller Schmerzen auf den Boden. Das Blut floss aus ihm heraus. Seine Glieder und Organe durchfuhr eine schaurige Kälte.

Er hörte noch, wie sein Selbstbild ihn verhöhnte: „Sieh dich an, wie schwach du bist, endlich habe ich dich niedergerungen. Sieh mich nur an, wie erhaben ich hier stehe. Ich werde immer der Gewinner sein."

Molamo lag krampfend am Boden. Er spuckte Blut aus seinem Mund. Seine Schmerzen waren rasend.

„So kann ich nicht sterben", sagte er sich, „ich will in meinem letzten Augenblick wenigstens meine Würde bewahren. Ich kann nicht zulassen, dass mein Selbstbild mich so sieht. Ich werde einfach meine Wunde akzeptieren."

Er sah blutüberströmt, doch lächelnd sein

Selbstbild an. Auf einmal bemerkte er, dass auch sein Abbild schwächer wurde und niedersank. Dieses wollte es nicht wahrhaben: „Du kannst deine Wunde nicht akzeptieren", sprach es.

Doch Molamo nahm seinen Schmerz nun noch mehr an. Er wollte vor seinem Ableben wenigstens sein Selbstbild zerstören. Und tatsächlich sah er, wie seinem Selbstbild zunehmend die Kraft entschwand. Es wirkte auf einmal unbedeutend und hässlich.

„Du bist ein widerlicher, schwacher Mensch, vergiss das nicht", schrie das Selbstbild Molamo an. Doch Molamo achtete nicht darauf und nahm es einfach hin.

„Nein. Du darfst dich nicht so akzeptieren wie du bist. Du bist unvollkommen. Hast du das etwa vergessen?"

Sein Selbstbild lag nun völlig ausgelaugt am Boden. Molamo akzeptierte auch diese Aussage, und plötzlich wurde ihm gewahr, dass seine Wunde begann, sich zu schließen.

„Das darf nicht sein, du darfst niemals gegen

mich obsiegen", schrie das Selbstbild in einem letzten Versuch. Doch Molamo versuchte sich jetzt so zu lieben, wie er war, und bemerkte, dass sich seine Wunde nun völlig verschloss. Sein Selbstbild lag kampflos am Boden. Molamo blickte es noch lange an. Es hatte so mächtig gewirkt, doch in Wahrheit war es so empfindlich.

Nach einem letzten Blick auf sein Selbstbildnis am Boden ging Molamo wieder die Treppe hinauf zum Ladenbesitzer.

„Ich gratuliere dir. Dir ist es gelungen. Das vollbrachten bisher nur sehr wenige."

Er zeigte auf die Wand, an der die Selbstbilder hingen. Molamos Selbstbild fehlte auf einmal.

„Verstehst du nun, dass unser Selbstbild nur eine Einbildung ist?", lächelte der Ladenbesitzer Molamo an. „Es ist ein Erzeugnis unseres Verstandes, das uns von den anderen Menschen abgrenzen will. Unser Ichgefühl soll uns erhöhen und besonders fühlen lassen. Dabei ist es reine Einbildung. Unser ganzes Leben lang erschaffen wir eine riesige Geschichte darum, wer wir sind, wer wir nicht sind, von wem wir alles verletzt wurden, und was wir Wunderbares erreicht haben. So machen wir uns selbst in unserem Kopf zu Opfern oder zu Königen. Dabei ist es ein reiner Schwindel. Es ist viel einfacher und leichter, ohne Selbstbild zu leben. Sieh die Kinder an. Sie sind frei und ungehemmt, weil sie sich nicht ständig Gedanken über Ruhm oder Schande machen. Ihnen ist es egal, wie sie auf andere wirken. Doch wir Erwachsenen sind in unserem Selbstbild gefangen."

„Wie können wir es schaffen, aus diesem Gefängnis auszubrechen?", wollte Molamo wissen.

„Dir muss es egal werden, ob andere Menschen dich lieben oder nicht. Nur so können wir ein ungehemmtes und echtes Leben führen. Die Gitterstäbe des Gefängnisses, sind die Meinungen anderer über uns. Zerstöre sie. Dahinter wartet die Freiheit."

Molamo verstand, was der Ladenbesitzer sagen wollte.

„Komm mit, wir beide gesellen uns heute Abend auf ein Fest, du wirst sehen, wie schön es ist, ohne Selbstbild zu feiern. Wenn man sich selbst nicht mehr wichtig nimmt, wird man leicht und beweglich. Ein wunderschönes Gefühl."

Molamo und der Ladenbesitzer gesellten sich auf eine Feier im Dorf und tanzten. Sie tanzten selbstvergessen und vollführten die lustigsten Bewegungen. Die Zuschauer lachten alle von außen über die beiden. Doch Molamo kümmerte es nicht, was die anderen von ihm dachten. Ihm war es egal, wie er auf andere wirkte oder ob andere ihn liebten. Er wusste nun, dass er so viel mehr war als nur sein Selbstbild.

Ein Krieger sein

Hast du Leidenschaft?

Ist die Welt deine Geliebte?

Eines Tages habe ich die Kraft,

der Tag, an dem ich mich besiegte.

Ich sehe klar,

mein großer Traum wird wahr.

Keine Zweifel wohnen in mir,

ich im großen Geist, der große Geist in mir.

Bin nur einen Weg gegangen,

der, der mich verlangte.

Habe an vielem gehangen,

Doch vergesse schließlich alles, was ich kannte.

Mein Herz, es ruft.

Man hört es weit,

es sucht und sucht und sucht,

doch schließlich wird es still in der Unendlichkeit.

Molamo und Joveel reisten weiter zuseiten des Flusses und erkannten zunehmend den *Berg der vier Jahreszeiten* in all seiner Herrlichkeit. Molamo konnte es nicht mehr abwarten, ihn zu besteigen, um dem *Unsterblichen* zu begegnen.

Auf einmal wandelte sich die Umgebung und Molamo und Joveel fanden sich in einer Eislandschaft wieder. Die beiden fochten plötzlich einen harschen Kampf gegen die Kälte. Molamos Sicht beeinträchtigte sich immer mehr und irgendwann stapften sie durch hohen Schnee.

„Diese Kälte hier ist wirklich quälend", klagte Molamo.

Unversehens tobte ein Schneesturm über sie hinweg. Joveel und Molamo versuchten aussichtslos Deckung zu finden, doch der Schnee wütete rücksichtslos auf sie ein. Schon kurz darauf konnten sich Molamo und Joveel nicht mehr verständigen und verloren sich im dichten Schneetreiben. Zum ihrem Glück legte sich der Sturm bald, doch die beiden hatten sich verloren.

Mehrere Male schrie Molamo nach Joveel, doch er hoffte vergeblich auf eine Antwort. Nach ihrer langen, gemeinsamen Zeit trauerte Molamo um den betagten Fährmann. Die Landschaft um ihn war weiß, ohne Anhaltspunkte rundum, soweit Molamos Blick reichte, und allmählich verlor er die Orientierung. Ratlos schlug er irgendeine Richtung ein. Wenn er nicht bald einen Weg hier heraus finden würde, bedeutete dies seinen sicheren Untergang.

Plötzlich jedoch merkte Molamo, dass der Grund unter ihm aufbrach, und er stürzte in schneidend kaltes Wasser hinab. Er kämpfte um sein Leben, doch die Kälte drückte ihm die Luft ab. Molamo versuchte voller Todesahnung auf die Eisschicht zu gelangen, doch er rutschte stets wieder hinab in die verderbliche Kälte. Irgendwann waren seine Kräfte erschöpft und er spürte, dass er besinnungslos wurde.

Der Hilflose nahm im letzten Moment eine Hand wahr, die um sein Handgelenk griff und ihn mit einem gewaltigen Ruck aus dem Wasser befreite. Nie hatte er eine derartige Kraft gespürt. Es fühlte sich an, als zöge zugleich ein ganzes Heer von Männern an seinem Körper.

Molamo lag um Luft ringend auf der Eisdecke. Er blickte zu seinem Retter hinauf und bedankte sich. Vor ihm stand ein Mann, wie Molamo noch nie einen erlebt hatte. Sein Körper strotzte vor Kraft. Jeder einzelne seiner Muskeln war bis zur Vollendung ausgereift, sodass er als ein zerstörerisches Glied eines tödlichen Ganzen wirken konnte. Aus seinen Augen schien eine Kälte und Entschlossenheit zu sprühen, die Molamo sonst nur von wilden Tieren kannte. Er besaß die Erscheinung eines Kriegers.

Der Krieger trug Molamo zu seinem Zeltplatz, an dem er ein Feuer zu Molamos Wohl entfachte.

„Wie kann ich dir danken?", fragte der Gerettete, „du hast mich vor dem Tod bewahrt."

„Mir musst du nicht danken. Danke dem großen Geist, dem Lenker des Schicksals, dem Unergründlichen. Dieser hat mich zu dir geführt. Dein Ende schien noch nicht gekommen zu sein."

Molamo blickte den Krieger an. Es war ein Genuss, ihm zuzuschauen. Jede seiner Bewegungen war genau auf ein Ziel ausgerichtet. Er schien nichts Unnötiges, nichts Überflüssiges zu tun.

„Es ist selten, dass sich jemand in solch gefährliches Gebiet wie dieses hier verirrt. Was verschlägt dich an solch einen Ort?", fragte der Krieger.

„Ich folgte einem Fluss, der mich zum *Berg der vier Jahreszeiten* führen sollte, doch plötzlich überfiel mich und meinen Begleiter dieser Eissturm. Doch wieso lebst du in so einer Umgebung?", fragte Molamo.

„Ich bin der letzte Krieger meines Stammes. Meine Vorfahren suchten vor langer Zeit einen Ort, an dem es noch kälter war als das Leben selbst. So würden sie schließlich über die Herausforderungen des Lebens obsiegen."

„Du musst mich auch lehren, diese Kälte aushalten zu können", sagte Molamo, „ich werde sonst diesen Ort nicht mehr verlassen und niemals zum *Berg der vier Jahreszeiten* finden."

„Es gibt nur wenige, die diese Übungen ausgehalten haben. Sie sind wirklich fürchterlich. Aber ich denke, es ist der Wille des großen Lenkers, sonst hätte er dich nicht zu mir geführt", entschied der Krieger.

Fortan unterrichtete er Molamo in der Kunst des Krieges. Er befahl ihm, allein Berge in windiger Eile zu besteigen, um seine Ausdauer zu erhöhen. Er ließ Molamo nächtelang in den tiefsten Wäldern schlafen, um seine Furcht zu zähmen. Er verlangte von seinem Schüler, stundenlang im gefrorenen Fluss zu verharren, damit sein Geist klar wird wie das Eis.

Immerzu stachelte er Molamo an: „Du musst verwegener werden als das Leben selbst. Ein Krieger ist jemand, der den Hindernissen des Lebens geradewegs ins Gesicht blickt, ohne zu zögern oder zu lachen."

Eines Tages, nach etlichen Wochen der Leibesübungen, sagte der Krieger: „Du hast deine Lehrzeit beinahe überstanden. Es wartet nur noch diese letzte Aufgabe auf dich. Wenn du sie meisterst, darfst du dich selbst einen Krieger nennen. Du musst dafür nun alles anwenden, was du bei mir gelernt hast. Der gewöhnliche Mensch würde dabei umkommen, deswegen halte ich dich an, wachsam zu sein."

Der Krieger brachte Molamo zum Eingang einer vereisten Höhle und reichte ihm eine Fackel.

„Dort verbergen sich die zwei Urkräfte des Menschen. Nur ein Krieger wird in der Lage sein, diese zu besiegen, also hüte dich."

Mit diesen Worten wies der Krieger Molamo in die Tiefen der Höhle. Die Flammen der Fackel vermochten nur einen winzigen Ausschnitt zu offenbaren. Molamo drang tiefer und tiefer in die Höhle ein. Alles um ihn herum wurde kälter und unheimlicher. Molamos Bewusstsein wurde hellwach. Das Einzige, was zu hören war, war sein Herz, das gegen seinen Brustkorb hämmerte. Er tastete sich durch die Gänge der Höhle. Manchmal wähnte er, etwas vorbeihuschen zu hören. Ruckartig schwenkte er seine Fackel, doch jedes Mal schien es ihm zu entwischen. Die trockene Luft schnürte ihm die Kehle ab. Molamo keuchte. Er wusste, dass er hier in den Tiefen der Höhle völlig auf sich selbst angewiesen war. Um ihm herum war nichts, wirklich nichts, das sein Leben zu schützen imstande gewesen wäre. So einsam war er selten.

Schlagartig fühlte Molamo, dass sein Bein von etwas durchbohrt wurde. Er kniete nieder vor Schmerzen und griff an seine Wunde. Molamos Herz schlug nun bis in seine Kehle hoch. Der herabrinnende Schweiß verklebte seine Augen. Eilig schaute er sich um, um seinen Angreifer ausfindig zu machen, doch seine Fackel ließ das meiste im Verborgenen. Molamo entfernte einen Pfeil aus seiner Wade und verband sein Bein mit einem Fetzen, den er aus seinem Hemd riss. Mit schmerzendem Bein hinkte er weiter in die Ungewissheit der Höhle.

Nach geraumer Zeit erleuchtete seine Fackel plötzlich etwas Seltsames. Er sah ein Stück

Fleisch, das an der Wand hing. Es roch frisch und verführerisch. Gierig fiel Molamo darüber her, er schmachtete nach einer kräftigenden Mahlzeit. Als er jedoch das Fleisch verschlang, spürte er, wie seine Wunde anfing zu schmerzen. Der Verlorene griff sich erneut an sein Bein. Er verstand nicht, wieso sich sein Schmerz plötzlich wieder steigerte; diese Speise hätte ihn doch erquicken sollen. Trotzdem schritt er weiter in die Höhle hinein. Er wollte ihr Geheimnis entlocken.

Wenige Augenblicke darauf erblickte Molamo einen Krug, bis zum Rand gefüllt mit Wein. Er lechzte danach. Seine Kehle war ebenso trocken, wie die Luft die ihn umgab. Trunken griff er zum Krug und setzte ihn an. Sogleich besoff er sich daran. Der Wein durchspülte köstlich seine Kehle. Doch zu Molamos Erstaunen brannte seine Wunde nach einigen Schlücken noch rasender als zuvor.

Er gab nicht auf. Wieder stemmte er sich auf, um weiter in die Höhle vorzudringen. Der Krieger sollte unter keinen Umständen enttäuscht werden. Er humpelte wider aller Pein tiefer in die Dunkelheit hinein.

Ohne Vorwarnung schien Molamos Fackel plötzlich auf eine Frau, die nur mit einem leichten Tuch behangen dastand. Unvermittelt wurde er von ihr bezirzt. Sie umgab solch ein begehrlicher Zauber, dass er sich ihr nicht widersetzen konnte. Sie ging mit langsamen Schritten auf ihn zu und fesselte dabei seine Seele mit ihren Augen. Molamo stand wie versteinert da, der Schmerz seiner Wunde wurde nun unermesslich. Die Frau stand unmittelbar vor ihm und öffnete ihren prallen Mund, um Molamo zu küssen, doch er wich zurück.

„Wenn ich sie küsse, werden meine Schmerzen so unerträglich werden, dass ich diese Höhle nie wieder verlassen werde", dachte Molamo.

Mit diesem Gedanken wandte er sich um und rannte den Weg zurück. Atemlos floh er aus der Höhle. Völlig ausgelaugt sank er vor den Füßen des Kriegers nieder.

„Ich sagte dir doch, mit diesen Kräften ist

nicht zu spielen. Sie obwalten in jedem von uns und nennen sich Begehren und Schmerz. Sie sind die treibenden Mächte im Leben eines Menschen."

„Das merkte ich", entgegnete Molamo. „Beinahe wäre ich ihnen erlegen. Sie zerrten mich gewaltig in die Höhle hinein und fast hätten sie mich gefangen genommen. Was macht diese Kräfte so mächtig?"

Der Krieger erläuterte: „Schmerz und Begierde leben voneinander. Sie bedingen sich. Umso mehr wir begehren im Leben, desto mehr werden wir leiden. Die einzige Möglichkeit, unseren Schmerz zu tilgen, ist also unsere Begierden zu zähmen. Andererseits werden unsere Begierden uns in einen Strudel des Leidens ziehen, dem wir nicht entrinnen können. Was uns unglücklich macht im Leben, ist ständig etwas zu begehren oder nach etwas zu verlangen. Ein Krieger hingegen ist bescheiden und gibt sich mit dem Wenigsten zufrieden. Er verlangt nichts. Er weiß um die ungeheure Macht der Begierden und bemüht sich, sie zu beherrschen. Denn wenn es uns gelingt, unsere Begierden auf das Nötigste zu beschränken, wird alles, was wir im Leben erhalten, zu einem wahren Geschenk.

Wir pflegen einen Spruch, der jedem Krieger in kalten Tagen zur Seite steht. Er klingt so:

Wir suchen das Glück im Großen.

Strahlend, blendend, funkelnd soll es sein.

Am liebsten wollen wir andere davon hinunterstoßen.

Dabei ist es doch so klein, klein, klein.

So klein, dass jeder dort hinüberstampft.

Niemals ist es jemandem so schlecht ergangen.

Obwohl so viele es bereits besangen,

bereitet sein Finden stets den größten Kampf.

Doch wenige gibt es, die haben es geklaut.

Es sind jene, die ruhig geworden sind, jene Lieben

sind nur für einen winzigen Augenblick stehen geblieben

und haben wirklich hingeschaut."

Von Herzen

Du kennst den Pfad.
Er ist tief in dir eingegraben,
Du fragst jeden um Rat,
anstatt ihn einfach selbst zu wagen.

Du suchst alles voller Sorgen,
im Gestern und im Morgen.
Dabei bringt er dich Stück für Stück
ganz leicht zu deinem Glück.

Er liegt in einem Land,
weit hinter dem Verstand.
Um ihn zu begehen,
musst du mit dem Herzen sehen.

Nach seiner Lehrzeit bei dem Krieger kämpfte sich Molamo zurück zum Fluss, der ihm so lange Geleit war. Er fühlte sich nun gewappnet, um endlich das Geheimnis am *Berg der vier Jahreszeiten* zu ergründen. Er lernte sehr viel auf seiner bisherigen Reise, doch noch schwebte Molamo nicht über der Welt mit den Schuhen der Leichtigkeit, die er so gerne tragen würde. Noch befand sich ein letztes bisschen Schmerz in seinem Herzen, dass es sämtlich zu vernichten galt.

Er kletterte am Ufer des Flusses auf einen Baum, um nach einem der saftigen Früchte zu greifen, welche an den Ästen hingen. Er war nahe daran, eine Frucht zu ergattern, als plötzlich der Ast abknickte und Molamo hinunterstürzte und schließlich auf einer Wurzel aufschlug. Er stieß einen lauten Schrei aus.

Ein kleines Mädchen lief zu ihm: „Kann ich dir helfen?", wollte sie wissen.

„Wieso geschieht mir immer solch ein Unglück? Wieso muss ich stets solche Schmerzen ertragen? Gibt es nicht einen Weg, nicht mehr leiden zu müssen? Ich will, dass die Welt mich endlich liebt und mich mit ihren Gaben überschüttet", schluchzte er.

„Sicher gibt es diesen Weg", entgegnete das Mädchen. „Ihr Erwachsenen seid alle gleich", lachte sie laut auf, „stets wünscht ihr euch, dass die Welt euch liebt, doch selbst geht ihr durch sie hindurch mit Augen, aus denen nur Langeweile und Frust sprechen. Niemals kommt ihr auch nur auf die Idee, einmal selbst zu lieben. Niemals öffnet ihr eure Herzen den Wesen oder Dingen gegenüber. Seht, wie wir Kinder durch die Welt gehen. Alles ist spannend und wir werden niemals müde, uns an der Schönheit des Lebens zu weiden. Wisst ihr denn nicht, dass die Welt ein Lebewesen ist? Sie beschenkt uns erst, wenn wir uns ihr öffnen. Ihr versteht einfach nicht, dass wir in einer Liebesbeziehung mit der Welt sind. Schenken wir ihr Liebe, erwidert die Welt sie, behandeln wir sie abfällig, behandelt sie uns ebenfalls so. Also beginnt wieder die Welt und ihre Lebewesen zu lieben, bis der letzte Tropfen eurer Herzen vergossen ist, ohne Vorbehalte und ohne nur das Geringste zurück zu erwarten."

Molamo blickte das Mädchen beschämt an. Das Kind hatte wirklich recht. Doch dann sagte er zur Verteidigung aller Erwachsenen: „Es ist wirklich wahr, was du sagst, doch wir Erwachsenen wollen die Welt lieben, wir wollen unseren Mitmenschen Gutes tun, aber wir können es nicht. Es scheint uns schlicht nicht zu gelingen."

„Ja", sagte das Mädchen, „weil ihr stets die falschen Wege einschlagt. Ihr wählt einfach wahllos jede Richtung im Leben, ohne euch einmal zu fragen, ob es wirklich eure ist."

„Ich verstehe nicht recht, was du meinst", hakte Molamo nach.

Das Mädchen verlor sich im kindlichen Lachen.

„Ihr Erwachsenen seid immer so schrecklich kompliziert, ich werde euch nie verstehen. Alles wollt ihr immer mit dem Kopf ergründen, dabei bringt uns unser Gefühl so viel weiter."

Sie kicherte in die Hände. „Wenn du wirklich verstehen willst, was ich meine, dann folge mir zu einem Fluss. Wir Kinder nennen ihn den Fluss der Liebe. Er vermag es, den Reisenden an den Ort seines Glückes zu bringen. Doch auf ihm lauern auch Gefahren, die besonders die Menschen, die zu viel nachdenken, von ihm abbringen können. Er ist ein sehr weiser Fluss, also begegne ihm mit der nötigen Achtsamkeit."

Molamo zögerte nicht und forderte das Mädchen auf, ihm den Fluss zu zeigen. Das Mädchen führte Molamo zu einem Floß, das an einem Steg befestigt war.

„Begib dich nun auf deine Reise. Wir Kinder werden dir den Weg weisen."

Molamo begab sich auf das Floß und paddelte voran.

Bald erreichte er die erste Gabelung. Er sah noch andere Flöße, auf denen auch Menschen standen und paddelten. Einige riefen ihm zu: „Du musst diese Richtung einschlagen, wir kennen den Weg."

Molamo dachte einige Augenblicke darüber

nach, doch wandte sich schließlich von ihnen ab, da er spürte, dass es nicht sein Weg war, den diese Menschen wählten. Enttäuscht blickten sie zu Molamo hinüber. Doch er ließ sich davon nicht beirren und ruderte weiter.

Nach einiger Zeit traf er auf weitere Menschen, die auch auf dem Fluss entlangfuhren. Einer fragte Molamo:

„Bist du auch auf der Reise zum Glück? Wir hörten, dass es so etwas gar nicht geben soll. Wir werden wieder umkehren", sprachen sie. „Folge uns lieber, du verschwendest sonst nur deine kostbare Zeit."

Doch Molamo schenkte auch ihnen kein Gehör, da er fühlte, dass er auf dem richtigen Weg war.

Irgendwann erblickte er ein Kind, das am Ufer stand. Es rief ihm zu: „Folge weiter deinem Herzen und lass dich nicht beirren!"

Bald erreichte Molamo die nächste große Abzweigung. Er wollte soeben in sein Herz hineinhorchen, welchen Weg er wählen sollte, da sprach ihn unerwartet ein Mann an: „Ich kenne eine Abkürzung zu deinem Glück. Dein Pfad dauert viel zu lange. Er wird dich nie an dein Ziel kommen lassen. Sieh dir meinen Weg an."

Molamo blickte auf den Weg hinab, den der Mann vorschlug, und tatsächlich konnte man an dessen Ende eindeutig den *Berg der vier Jahreszeiten* erkennen. Molamo war außer sich vor Freude und paddelte eifrig in diese Richtung.

Nach geraumer Zeit erwies sich dieser Weg jedoch als sehr anstrengend und heikel. Molamo geriet unversehens in einige heftige Strudel. Er musste stark gegen die Strömung ankämpfen und konnte sich nur noch mit größter Anstrengung auf dem Floß halten. Plötzlich ragten einige Felsen aus dem Fluss und Molamo stürzte von seinem Floß in die reißende Strömung. Im letzten Augenblick glückte es ihm, einen starken Ast zu ergreifen, mit dem er sich an Land zog. Molamo hustete Wasser.

Plötzlich sprach ihn ein Kind an: „Du hast dich täuschen lassen, du bist vom Weg deines Herzens abgekommen. Dein Ehrgeiz hat dich blind gemacht. Ehrgeiz behindert dich, den

Weg deines Herzens zu sehen. Also steige nun wieder auf dein Floß und nimm deine Reise wieder auf. Doch hüte dich. Es warten vielleicht noch andere Schwierigkeiten auf dich."

Molamo nahm erschöpft und durchnässt seine Reise auf dem Floß wieder auf. Es grämte ihn, dass er sich so leicht hatte abbringen lassen. Das hätte ihn beinahe sein Leben gekostet. Er beschloss nun, noch genauer auf sein Herz zu hören.

Und das zahlte sich aus. Jeder Weg, den er nun wählte, war leicht und Molamo brauchte nicht stark gegen die Strömung rudern. Meist trug ihn der Fluss sogar von selbst voran. Er verstand allmählich, wie wichtig es ist, sein Herz über seine Wege entscheiden zu lassen.

Nach einiger Zeit auf dem Floß gelangte Molamo erneut an eine große Gabelung. Er horchte in sich hinein und entschied sich für eine Richtung. Auf einmal erkannte er jedoch einen Wasserfall, der tief hinabstürzte. Sogleich schrak er ängstlich zurück und ruderte zu dem anderen Weg hinüber.

„Diesen Sturz hätte ich nicht überstanden", sagte sich der Reisende.

Doch als er wenig später auf dem seichten Weg ruderte, merkte er, dass dieser Pfad bald verebbte. Molamos Floß stieß schon auf Grund. Er konnte es nicht glauben. Er haderte mit sich. Gänzlich verzweifelt, stand Molamo mit seinem Floß auf dem Land.

„Du hast dich von deiner Furcht leiten lassen", sagte da eine Kinderstimme hinter ihm. „Die Furcht macht dich blind, den Weg deines Herzens zu sehen. Wenn wir auf der Reise zu unserem Glück sind, dürfen wir uns nicht von Ehrgeiz oder Furcht täuschen lassen. Rudere nun wieder zurück und folge weiter deinem Gefühl."

Also paddelte Molamo wieder zu der Gabelung, an der er abgebogen war. Mit allem Mut entschloss er sich, den Wasserfall hinabzufahren. Molamo fuhr auf den Wassersturz zu und bald riss es ihn hinab in die Tiefe. Doch er hatte keine Angst, im Gegenteil, Molamo fühlte sich so frei wie nie zuvor. Er genoss den Fall ins Tiefe.

Zu seiner Verwunderung schaffte er es ohne Mühe, wieder an die Wasseroberfläche zu gelangen und sein Floß zu besteigen. Er fühlte sich leicht und beschwingt. Es war ein prächtiges Gefühl, sich seiner Angst gestellt zu haben. Sie entblößte sich als reine Einbildung.

Er paddelte nun vorwärts auf dem Fluss und sein Weg wurde herrlich. Am Wegesrand grüßten ihn Menschen und unterhielten sich mit ihm. Liebe floss aus Molamos Herzen und verzückte alles und jeden, der damit in Berührung kam. Er war nun eins mit der Welt um ihn herum.

Während er unbeschwert auf seinem Weg ruderte, merkte Molamo irgendwann, dass der Fluss plötzlich in ein weites Meer mündete. Von nun an brauchte er nicht mehr zu paddeln, das Meer zog ihn von selbst zu sich heran. Als er die offene See erreichte, sah er plötzlich all die anderen Flöße, die auch dem Weg ihres Herzens gefolgt waren.

Unversehens sah Molamo, dass sich alle Herzen der Menschen auf den Flößen öffneten, und die Liebe aus ihnen heraus lief. Auch aus Molamos Herz rann die Liebe ins Meer hinab.

Niemals zuvor spürte er eine derartige Verbindung mit der Welt. Er fühlte sich frei und glücklich.

Durch die Liebe, die aus den Herzen aller Menschen strömte, verfärbte sich nun das ganze Meer unter ihnen rot.

Die Liebe rauschte immer weiter aus den Menschen hinaus und floss in das Wasser unter ihnen ein. Auf einmal sah Molamo, wie sich am Horizont eine riesige, rote Flutwelle auftürmte.

Molamo und die anderen Flöße wurden ausweglos in sie hinein gezogen. Ein letztes Mal bäumte sie sich vor ihnen auf, dann stürzte sie auf die Flöße hinab.

Molamo und die anderen Menschen wurden sofort unter Wasser gespült und wirbelten umher. Doch keiner von ihnen spürte Furcht. Sie waren von der Liebe der Welt umgeben, die schon immer darauf gewartet hatte, sich über ihnen zu ergießen.

Am Berg der vier Jahreszeiten

Du fragst dich, wohin sich die Welt bewegt?
Wohin wird mich mein Schicksal bringen?
Dabei ist die Welt etwas, das lebt,
– ein Vogel mit riesigen Schwingen.

Die Dummen versuchen sich ständig im Leben,
in andere Richtungen zu bewegen,
deshalb mach es wie die Weisen,
die einfach auf seinen Flügeln reisen.

Molamo strandete mit seinem Floß auf einer Insel. Zum ersten Mal sah er derart nah den *Berg der vier Jahreszeiten* vor sich. Nur noch das Meer trennte ihn davon, sein lang ersehntes Ziel zu erreichen. Nie zuvor sah er den geheimnisvollen Berg aus dieser Nähe. Er schien unwirklich. Auf der einen Seite bewarf die Sonne ihn mit ihrem gleißenden Licht. Auf der anderen überzog ihn das Eis mit himmlischer Glasur. Wieder woanders, drückten sich die Blütenkelche aus den Knospen und weiter entfernt sah man ein goldenes Blättermeer umherwirbeln.

Molamo sah ein kleines Bootshaus, das am Ufer der Insel lag. Er trat dort ein und fragte: „Vermag mich hier jemand über das Meer hinüberzuführen?"

Drei Bootsmänner, die an einem Holztisch saßen, blickten zu Molamo hinüber. Plötzlich erkannte er, dass einer von ihnen Joveel war.

Molamo fragte ungläubig: „Joveel, du lebst noch? Ich dachte, du wärest in dem Eissturm ums Leben gekommen? Wie bist du hierher gelangt?"

„Einen alten Fährmann bringt so schnell nichts um", lachte Joveel. „Außerdem konnte ich es mir nicht entgehen lassen, dich endlich an deinem geliebten Ziel zu sehen. Also erwartete ich dich hier."

Die beiden anderen Fährmänner sagten: „Wir trinken noch aus, dann werden wir dich hinüber zum *Berg der vier Jahreszeiten* schiffen."

Molamo war erstaunt, wie rasch sie seinem Wunsch nachkamen.

„Was wünscht ihr als Entlohnung dafür, dass ihr mich hinüber bringt?", fragte Molamo, „ich habe auf unserer Reise einige Kostbarkeiten wie Edelsteine, eine Tasche und seltene Kräuter erworben."

„Das ist doch wunderbar", bekannte einer der Bootsmänner, „du musst sowieso all dein Hab und Gut in eine dieser Kisten legen", und er wies auf schwere Holzkisten.

„Alles, was ich besitze?", fragte Molamo verwundert.

„Ja, ganz richtig, alles, was du besitzt, jede einzelne deiner Habseligkeiten."

Molamo füllte schweren Herzens alle seine Kostbarkeiten, die er auf seiner Reise gehortet hatte, in die Kiste. An einigen von ihnen hafteten Erinnerungen, die Molamo viel bedeuteten.

„Ihr seid auch sicher, dass meine Kostbarkeiten heil auf die andere Seite des Meeres gelangen?", fragte Molamo verlegen.

„Hier auf dem Meer ist nichts sicher, Bursche. Durch die vier Jahreszeiten, die auf dem Berg herrschen, weiß niemand genau, wie das Wetter hier spielt."

Beide Bootsmänner lachten dreckig durch ihre Bärte. Molamo blickte Joveel fragend an, doch dieser nickte nur zustimmend.

„Nun gut, das war alles, was ich besitze. Können wir nun unsere Überfahrt beginnen?"

„Das ist nicht alles, was du besitzt", sagte einer und die beiden Männer schmunzelten wieder.

Nun glaubte Molamo, es mit Hochstaplern zu tun zu haben. „Ich versichere euch, das war mein ganzer Besitz."

„Du irrst dich, was ist mit deinem geistigen

Besitz?“, wollten die Fährmänner wissen.

„Du musst alle deine Erkenntnisse aufschreiben und sie ebenso in eine Kiste packen. Das ist hier ein Brauch. Man sagt sich, das Meer würde es einem sonst übel nehmen.“

„Na schön, wenn dem so ist“, sagte Molamo. „Hauptsache, ich gelange bald zu dem *Unsterblichen*.“

So schrieb Molamo alle seine wichtigen Erkenntnisse auf einen Zettel und legte ihn in die Kiste. „Können wir uns nun auf den Weg machen?“

„Sicher, wir werden uns sofort auf den Weg machen. Nur eine Kiste musst du noch befüllen. Dort musst du alle deine Wünsche und Ziele hineinlegen. Wir wollen schließlich nicht den Zorn des Meeres auf uns ziehen.“

Molamo schrieb nun auch alle seine Wünsche und Ziele auf und verstaute sie in der letzten Kiste. Einer der Fährmänner sagte: „Jetzt musst du nur noch eine Sache für uns erledigen.“

„Was denn noch? Ich bin dieses Spiels allmählich überdrüssig", schrie Molamo ungeduldig.

„Du musst die Kisten auf unser Boot tragen", und alle drei Bootsmänner tobten vor Lachen.

So brachen Molamo und die drei Fährmänner zum *Berg der vier Jahreszeiten* auf. Molamo lehnte sich an Deck an die Kisten an und ließ den Wind an sich spielen. Er spürte ein köstliches Gefühl der Freiheit. Die Sonne stand gerade über ihnen. Die Segel waren gespannt.

Das Schiff befand sich bereits auf mittlerem Weg zum anderen Land, als der Himmel sich plötzlich zusammenzog. Das geschah so schnell, dass Molamo es kaum bemerkte.

Auf einmal schubsten hohe Wellen das Schiff ungehindert hin und her. Die vier hatten Schwierigkeiten, sich auf dem Schiff festzuhalten. Die Luft wurde kälter. Man hörte, wie die Wolken sich gegenseitig mit lautem Donnerschall beschossen. Unverhofft schoss ein Blitz vom Himmel herab und schlug auf ihrem Schiff ein. Rasch drang das Wasser bis ans Deck. Sogleich hastete Molamo ans Steuerrad und versuchte, das Schiff irgendwie unter Kontrolle zu bekommen.

„Das ist aussichtslos", schrie einer der Fährmänner, „du kannst dieses Schiff nicht mehr lenken, wir können uns nur noch auf den Wind und die Segel verlassen."

Doch Molamo nahm es gar nicht wahr und versuchte krampfhaft, gegen die Wellen anzukämpfen.

„Lass los", ermahnte ihn auch Joveel. „Du wirst uns noch alle in den Tod führen. Wir können uns hier nur auf die Segel verlassen."

Doch Molamo umgriff das Steuerrad verbissen. Er dachte gar nicht daran loszulassen.

„Wir müssen die Kiste mit deinen Kostbarkeiten von Bord werfen, sonst steigt das Wasser immer höher auf dem Deck."

„Nein, ich sammelte diese mein ganzes Leben lang, es ist unmöglich, dass ich es verliere."

Und Molamo klammerte sich noch fester an das Steuerrad. Doch da packte einer der Fährmänner schon die erste Kiste und sie versank unverzüglich in dem stürmischen Gewässer.

Molamo heulte bitterliche Tränen. Es war, als verlöre er einen Teil seines Herzens. Er merkte jedoch, dass er nun das Steuerrad ein wenig lockerer umfasste.

„Lass das Steuerrad nun los", mahnte ihn auch der andere Fährmann.

Molamos Hände hielten das Steuerrad immer noch krampfhaft fest. An manchen Stellen tropfte sogar Blut auf den Schiffsboden.

Das Schiff schwankte gefährlich nah an der Wasseroberfläche. „Es dringt immer noch zu viel Wasser ins Schiff, wir müssen die zweite Kiste auch im Wasser versenken."

„Nein", schrie Molamo und klammerte sich sofort weiter an das Steuerrad. „Darin sind all meine Erkenntnisse enthalten. Die habe ich mir mit großem Eifer erarbeitet."

Einer der Fährmänner nahm jedoch ungeachtet dessen die Kiste und warf sie über Bord. Wieder merkte Molamo, wie ein Teil seiner Seele verloren ging. Wohingegen seine Hände sich nicht mehr so emsig um das Steuerrad griffen.

Molamo fühlte sich seltsamerweise ein wenig gelöster. Ihm wurde es zunehmend gleichgültiger, was mit ihm geschah.

„Lass jetzt um Himmels Willen das Steuerrad los, du kannst hier nichts mehr kontrollieren", schrie ihn einer der Männer an.

Molamo merkte sofort wieder, dass er nicht loslassen konnte. Er umgriff erneut das Lenkrad und versuchte das Schiff in die richtige Richtung zu lenken. Doch es war aussichtslos. Die Naturgewalt war mächtiger.

„Wir müssen uns nun auch der letzten Kiste entledigen, wir werden sonst elendig vom Meer verschlungen, sodass man nicht einmal mehr unsere Überreste finden wird."

Ruckartig umgriff Molamo das Steuer wieder fester, obwohl seine Hände bereits bitterlich schmerzten.

„Bitte nicht, das sind meine Wünsche und Ziele, von denen kann ich mich niemals trennen. Wer bin ich denn noch ohne Wünsche und Ziele?"

Einer der Fährmänner entgegnete: „Du

siehst doch, wo sie dich hingeführt haben. Sie hindern dich den jetzigen Moment zu genießen. Wenn du tot bist, brauchst du keine Wünsche und Ziele mehr, also lass sie lieber gleich los."

Molamo merkte, wie etwas in ihm argen Widerstand leistete. Mit schwindenden Kräften klammerte er sich an das Steuerrad. Daher entledigten sich die Fährmänner auch der letzten Kiste und es fühlte sich an, als ob ein Teil von Molamo ebenfalls auf den Meeresgrund hinabtauchte.

Endlich gelang es Molamo, sich vom Steuerrad zu lösen. Restlos abgekämpft fiel er neben die Fährmänner nieder und überließ sich dem Treiben des Schicksals. Molamo hörte noch die Wellen am Schiff, als er kurz darauf vor Erschöpfung einschlief.

Als Molamo erwachte, befand er sich vor dem *Berg der vier Jahreszeiten*. Sie lagen am Ufer und hatten es geschafft. Er blickte zu Joveel hinüber. Zu seiner Erleichterung war Joveel wohlauf.

„Komm schon, alter Mann, wir werden nun

den *Berg der vier Jahreszeiten* besteigen. Wie lange habe ich auf diesen Augenblick gewartet und du darfst dabei sein, alter Mann, wenn ich dem *Unsterblichen* begegne."

So bestiegen die beiden Gefährten den Berg. Molamo hastete nahezu hinauf und vergaß fast den alten Joveel hinter sich.

Bald gelangten sie zum Gipfel, von dort aus sahen sie das Haus des Unsterblichen. Es lag zwischen zwei Feldwänden. Molamos Herz raste, denn er wusste, dass er kurz davor war, dem *Unsterblichen* zu begegnen. Er ging mit Joveel zusammen die letzten Schritte bis zur Haustür und klopfte an. Einige Zeit vernahm man ein reges Tun hinter der Tür. Es dauerte lange, bis sich die Tür endlich öffnete.

Zu Molamos Überraschung stand eine alte Frau in der Tür.

„Ich möchte den *Unsterblichen* sehen", stammelte Molamo.

Einige Augenblicke musterte sie Molamo, dann schweifte ihr Blick zu Joveel. Plötzlich lief ihr Gesicht rot an und sie schrie: „Joveel, wo warst du nur so lange. Hast mich hier einfach verlassen. Du bist wahrscheinlich wieder jungen Frauen hinterhergelaufen, gib es zu."

Molamo glaubte, dass er jeden Augenblick zusammenbrechen würde.

„Und wer ist das Bleichgesicht neben dir? Hat der das Sprechen verlernt oder wieso steht er da wie ein Gespenst?"

„Der ist nur ein bisschen schüchtern", und Joveel blickte schmunzelnd zu Molamo.

Lautlos folgte Molamo den beiden ins Haus. Joveels Frau versorgte die beiden Wanderer mit Essen. Molamo nahm es fassungslos zu sich.

„Wieso ist der Kleine immer noch so schüchtern?", fragte Joveels Frau. „Hat der noch nie mit einer richtigen Dame gesprochen?"

„Ich denke, er braucht nur ein wenig frische Luft. Wir werden nach dem Essen einen Spaziergang machen. Ich will Molamo die schöne Umgebung hier zeigen."

Somit gingen die beiden nach dem Essen draußen umher. Molamo brachte immer noch keinen Ton heraus. Joveel führte ihn zu einem

See, der am *Berg der vier Jahreszeiten* lag.

Dann setzten sich die beiden in ein Ruderboot, das an einem kleinen Holzsteg lag.

„Auf diesem See bin ich lange gefahren. Vieles hat er mich gelehrt. Lange habe ich in sein Wasser hineingehört. Niemals erzählte er mir das Gleiche und doch sprach er immer nur mit einer Stimme."

„Wieso hast du mir nicht erzählt, dass du der Unsterbliche bist?", fragte Molamo, nachdem er sich einigermaßen wieder gesammelt hatte.

„Soll ich dir von all den Momenten erzählen, an denen du mich missachtet hast?"

Molamo blickte beschämt zur Seite. „Wieso nennt man dich also den Unsterblichen?", fragte Molamo.

„Man nennt mich so, weil ich irgendwann die Zeit überwunden habe. Mir ist die Zeit gleichgültig geworden. Ich denke weder an gestern noch an morgen. Ich lebe einfach im jetzigen Augenblick. Deswegen tauften die Leute mich irgendwann den Unsterblichen. Zudem war ich es leid, stets den Winter der Seele zu verachten und den Sommer des Lebens herbeizuwünschen. Ich lernte, mich mit allem im Leben abzufinden. Und plötzlich herrschten an diesem Berg die vier Jahreszeiten. Es ist schön hier, nicht wahr?"

Und wirklich verströmte der Ort eine tiefe Ruhe. Es war nichts zu hören außer der seichten Bewegung des Wassers.

Molamo beobachtete Joveel lange. Er schien wirklich seinen Frieden gefunden zu haben. Ohne Ziel, ohne Absicht ruderte er auf dem See entlang.

Nach einer langen Zeit des Schweigens fragte Molamo: „Was ist nun das Geheimnis dieses Berges?"

Doch Joveel gebot ihm zu schweigen. „Ich werde es dir zeigen, Molamo."

Die beiden ruderten weiter auf dem Rücken des Sees. Bald ruhte auch Molamos Inneres und er genoss die wundervolle Landschaft um sie herum.

Sie fuhren immer weiter auf dem See und beinahe vergaß Molamo die Zeit.

Er lehnte sich zurück und ließ Joveel rudern. Als er dem alten Fährmann dabei beobachtete, wie er die Ruder durch das Wasser schob, merkte Molamo auf einmal, wie sich die gesamte Umgebung veränderte und Molamo stellte fest, dass sie auf einmal durch das Universum fuhren.

Molamo sah Joveel an, wie dieser durch einen See von Sternen ruderte. Als Molamo sich sprachlos umblickte, wurde ihm plötzlich die gesamte Schönheit des Lebens vor Augen geführt. Er wurde sich mit einem Mal der Vollkommenheit des Lebens bewusst. Sein Verstand wurde ruhig und er wusste, dass er keine Fragen zu stellen brauchte, da alles eine Antwort war: Das Wunder des Lebens selbst.

Molamo lebte noch eine Weile am *Berg der vier Jahreszeiten*. Eines Tages, als er am Ufer saß und auf das Meer hinausblickte, sah er plötzlich das Wrack von Joveels Boot im Wasser liegen, mit dem die beiden einst seine Heimat verließen. Er sah die Flagge mit der Aufschrift *Wunder des*

Nichttuns im Wasser liegen.

Molamo beschloss, das Boot wiederherzustellen, um zurück in seine Heimat zu reisen. Er verbrachte Jahre voller Schweiß damit, das Schiff wieder herzurichten.

Am Tag seiner Abreise flatterte die Fahne mit der Aufschrift *Wunder des Nichttuns* am Mast. Molamo band gerade die Seile los, als von hinten eine Stimme rief: „Warte auf mich, ich will mit dir reisen. In einem fernen Land soll ein *Unsterblicher* erwartet werden. Ich will ihm unbedingt begegnen, um sein Geheimnis zu erfahren."

Der gealterte Molamo lächelte und nahm den jungen Reisenden auf seinem Boot auf.

Daraufhin reisten die beiden vom *Berg der vier Jahreszeiten* ab. Noch lange sah man die Flagge im Wind wehen, bis sie letztlich von den Flammen der sterbenden Sonne den Horizont hinabgerissen wurden.

Anmerkung

Mich interessiert sehr, wie dir das Buch gefallen hat. Schreibe doch eine Rezension.

Für mehr Informationen und mehr Bücher von mir besuche mich auf meiner Internetseite:

www.bücher-über-spiritualität.de